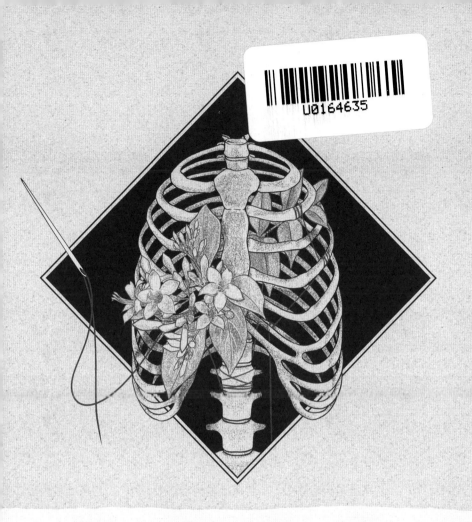

一枚繡花針
在肋骨間穿行

揭春雨
詩選輯 2012-2020

獻給母親黃漢蓮護士長

我詩，故我在：悅讀揭春雨

彭鏡禧

你問，幹嘛要寫詩呢？
我搔了一下頭

我又搔了一下頭
問，那，幹嘛要吃飯呢？

你用聲音跳起來
活著呀，生命需要呀

我說，對呀。

（錄自〈問答〉）

　　第一次讀到春雨的詩作，是兩年前我應邀到香港城市大學講學時他送我的詩集《乘一朵聲音過河》。當時就非常喜歡，覺得他的詩想像力豐富，譬喻常常用得奇特而精準，創意令人拍案叫絕。時隔不到三年，又有幸收到這本新的詩集稿，在付梓之前得以先睹為快。發現不僅詩藝精湛，詩人的世界也更加遼闊：從〈蘇小小墓〉到〈偉大的所羅門〉到〈他的遺囑是一隻蘋果〉，從〈失語症〉到〈幻燈機〉到〈地鐵關門〉，古今中外、天上地下都是題材，俯拾皆是，無一不可入詩。詩的篇幅或長或短，短者精練，只有兩三行；長者通常較為凝重，可達兩三頁，甚至四五頁（例如〈齊奧塞斯庫〉）。他的語調時而幽默俏皮，時而嚴謹端正，但讀者總能察覺背後一顆悲天憫人的心，一顆真心──抑或是一顆童心。

　　天地之間的人事物，都是他關懷的重心。即便寫的是個人瑣事，也有足以令人咀嚼的反思。例如〈持素之後〉：

持素之後我又重新吃肉
我把每一塊肉都好好吃完

它們也來自生命

詩人愛喝茶，素樸本然的茶。在〈花茶〉裡，他調侃道：

她們自己並不香
但總是渾身上下搞得很香很香的樣子

搞得不少人愛
喝——

　　身處香港，詩人自然有許多在地的觀察與關懷。例如〈鶴咀燈塔〉，詩裡關注的是歷史與前景；詩人嚴肅問道：「香港，你要駛往何方？」他對香港的生活有許多批判。像〈我是〉這首詩：

> 自己的囚徒；人世的囚徒；
>
> 人群也即牆壁尤其是消音壁的囚徒；
>
> 城市街道也即水泥長褲的囚徒；
>
> 家的也即樓層和樓價合謀高舉的鳥籠屋
>
> 　的囚徒；
>
>
>
> 　　……

而〈山門〉的田園風味，則讀來令人心曠神怡。
它的第一節是這樣的：

> 山中，一聲小鳥就叫高了白雲
>
> 忙於擦拭的天空
>
>
>
> 一陣風，就吹遠了雙腳
>
> 忙於追趕的山水，一片又一片的山水

　　詩人的電算機背景，使他深深體會到機器人
對人類的超越，乃至威脅，就連文學創作也難以

例外。在〈戲答「機器人為甚麼要寫作？」〉裡，他指出：「人的體能早已不如機器。／人的智能很快也將不如機器人。」然後反問：「機器人為甚麼不寫作？」到了最後一節，話鋒一轉，像是自我安慰——更像是自我嘲諷，甚或預警：

　　別害怕，機器人
　　不會消滅人類的。因為他們

　　也需要
　　寵物。

　有些詩表現了對現代人日常生活的無奈。〈密碼〉只有三行：

　　終於記住了一個密碼
　　但已想不起

　　到底是用來幹嘛的

從一顆裂牙，詩人聯想到「恍如婚姻，裂縫無法修補／「只能拔除」」（〈已不能和一顆裂牙白頭偕老〉）。

詩人極為重視感情，有許多記述親情、友誼之作，讀來令人動容。限於篇幅，無法在此一一列舉。〈夏未端午──悼劉以鬯先生〉是後輩對一代宗師情詞懇切的悼念，詩人更不著痕跡地把逝者的代表作篇名或內容或喜好嵌入詩中，例如「從白夜摳出的黑，從黑夜／摳出的白」、「熱愛熱蔗的人」、「淘洗心情也掏空心靈的是酒」、「一千字的稿費」、「等一個打錯的電話／來救贖巴士站上即將被巴士撞死的人」。唯有真正的學徒，才能具現如此生花妙筆。該詩的結尾說：

　　　　當你一路西行，一路西行
　　　　你高懸的眼睛依然照臨獅子山下的夜空
　　　　一輪明月，勝卻多少繁星

充分表達了對逝者高山仰止、心嚮往之的孺慕之情。

這本詩集內容豐富，美不勝收。以上所舉例子，僅僅嘗試展示它的部分面向。最後要提醒的是，詩人不僅抒情狀物、精準傳達信息，他對文字、音聲、腔調也頗具匠心，讀者不妨細心品味。

彭鏡禧
2022 年元月於臺北

目錄

2013

2014

2015

2016

2019

2020

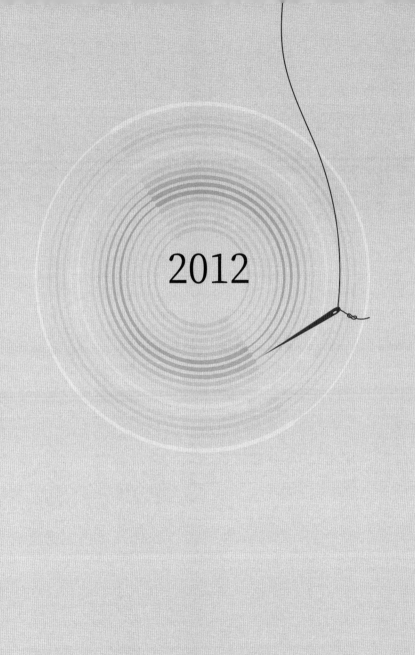

2012

想去旅行

年輕時
想去旅行，周遊世界，探險人間
但沒錢
心懷夢想是一種美
兜裡鋼蹦兒們組成青春樂隊

人到中年
想去旅行，看看大好河山
但沒時間
心懷夢想是一種美
身上每一滴汗都要榨乾，都要換成錢

到老
想去旅行，已經有錢，又有時間
但已再無體能
連眼光也已無法爬山
只有心懷夢想是一種美

只有坐在客廳裡看看電視
好身臨其境
人越老，心越會飛
生活，翻過一頁又一頁
心懷夢想是一種美

2012.1.14

軍事地圖上方的煙和臉

燈下江山如美人臉
誰不想
輕輕一個呼吸，即吹淨上面落滿的灰塵
馬蹄和烽煙？

燈下江山如美人臉
誰想
袖裡輕輕抻出一根香煙熏黃的指尖
即纏滿萬里硝煙？

燈下江山如美人臉
紙筒輕捲
莽莽河嶽山川
即捲去無數戰陣、旗幟和人臉

而白骨並不如山
清風吹吹
即散盡如煙。如今，
清風明月一片，多少鼾聲浮起長安

2012.1.17

新傭人

印尼的。
以前那些菲律賓的，
據說英語好，
都轉聘到新加坡和加拿大了。

不會講粵語，或漢語。
也不會講英語。
有甚麼事我們先打電話找代理；
代理再跟她解釋。

不吃豬肉。
就像我們不信教。
但天天都煎煮炸炒著豬肉——
給我們吃。

基於平等，
我們問她要不要和我們同桌吃飯；

基於人權，而非營養，
她可以吃，
也可以不吃；
而我們是要吃的。

我們也無權阻止她
夜夜用呼嚕，
教一瓶涼開水和幾塊天花板跳舞；

趕走野貓，蟑螂和老鼠。

2012.2.24

穀雨，一枚繡花針在肋骨間穿行

一句鳴蟬，就叫醒夏天
有一隻蜂鳥，如我
把雙腳
站在空氣中

不能飛去的花朵，也如我
在飛逝
在偏高的枝頭顫慄
等雨

一片落葉，就劃破秋水的眼
流水流走的船篷，也如我
仍把身影
投給水上的風

一面破鏡，就叫醒所有
裂縫，如我
如地球綠皮膚上
那群交錯突進的高速公路黑藤

一道胎痕，就擦出舌苔上
所有橡膠的焦味
汽油是汽車的財富
路是鞋的歸途，鞋是腳的歸宿？

清明穀雨，凍死老鼠
再一陣暖風，就把你吹到端午
但今夜這條河，夜夜在我夜空漂浮
既無舟楫，亦無橋，可渡

但一句鳴蟬，就叫醒夏天
但已沒有一隻蜂鳥，也如我
仍把雙腳
站立在空氣中

穀雨，一枚繡花針在肋骨間穿行

2012.4.17

消音牆

我為你寫的詩原來如此乾癟
但我不能不寫
如果不寫，我就發胖，不斷發胖
所有的皮肉都會離我而去

請把這些詞語的陶片帶進夢裡
請關燈（夢裡也關）
請讓它們起舞成一群熠熠發光的蛾子——
白天，請讓它們是隨風起伏的蝴蝶

五百年前我們就相遇。那時，星星們消瘦不已
如今，更瘦的花枝要穿透更薄的空氣
紙上苦等那些小翅膀來搬的
也不是八萬里河山六百座城池

多少不肯放棄爬行的蝸牛、蚯蚓和蛞蝓
依舊匍匐在消音牆深處的軟泥裡——
五百年後我們就相遇

2012.5.10

藥山辯

說實在的，李翱那句雲在青天水在瓶的詩，聲音其實蠻好聽的。但它真的不是我說的，說的也不是我的意思。我放下手指頭之後，很多人拿了這句話當路走，好似長江大河滔滔不絕盡出自我的舌頭——忒冤枉的冤大頭。

當時的情況其實是這樣的：李翱幾次派人來請我，我都沒去；他就來了。其實他早該來。他進屋的時候我正拿一卷舊經遮眼。年紀大了嘛，不受光了。他站了一會兒不耐煩，嘟噥一聲轉身要走，差點兒沒讓門檻絆著。我猛叫他一聲，那聲音托住他的衣服，就沒摔著——其實那是一陣山風吹過來吹的。

他若有所感，轉身，劈頭就問我禪法。但這，這又豈是嘴巴說的？但我又總不能不理他，便伸一根指頭指了指天，又指了指瓶裡的水；他回去便謅出那

句蠻好聽的詩來。其實,我原本的意思是說,這大
熱天的,你爬了那老遠的山路上來,不如先喝一口
水。說實在的,當時在屋裡,哪裡指得著外面的天
或雲呢?屋裡哪來的雲嘛?甚麼禪呀道呀的,其實
全在裡頭,不在外頭,哪裡會又在青天又在瓶的?
當然,也在啦;誰不在誰裡頭呢?不過這樣就說遠
了。我跟他說,不如直接喝口水,歇好了下山,就
樣樣都有了。

說實在的,如果還有舌頭,我倒也還想再喝那麼一
口水咧。

2012.5.10

現實

很多人總比自己高；
很多人比自己矮；
比自己不高也不矮的人——
八九有病。

所以，數學誕生。
所以有人買尺；
有人買布；
有人買眼鏡。

但也無改這樣一種現實：
地球人絕大多數討厭數學，也不讀詩；
他們寧願看看電視；
最多翻翻報紙——

耳朵裡，洗腦的海水翻騰。

所以，營養學誕生。
所以有人賣唱；
有人賣身；
有人賣新聞和風聲——

2012.5.11

唯有飛船是人類故鄉

巨幅立體仿真成像上逐年變紅的那顆藍星球
每次重播都撚亮人們臉上的鄉愁
連著幾個世紀，我們
從人類胚胎剝除該基因的嘗試一直未獲成功

如今，我們已是一群在星空遊牧的基因體，乘坐光
唯有祖先的靈魂護航
唯有語言讓我們和真實臉貼著臉
唯有超大仿真成像播下星光，是我們的天空

唯有飛船是人類故鄉

我們此行去找一個太陽系中的一條生存帶
找生存帶中的一顆星球
找光和溫度。別的，譬如空氣，水
食糧和住房，只要還有光，我們都已能製造

無法製造的唯有先人漸漸遠逝的骸骨

藍星球，基因繁衍實驗室，靈魂種植場
總是向太陽墜落，越墜越近也越快
真理多於塵土，旗幟多於尿布
唯有佈滿斷層的河山像奔跑中跌倒的歌聲般起伏

唯有飛船是人類故鄉

我們已無需腳趾和皮膚，唯有太空服
唯有硬碟留住的數據讓我們和往昔的真實臉貼著臉
唯有氧氣稀薄，鄉愁稠密
唯有每一句話都需要一段妊娠

唯有我們反覆張開嘴巴
吐出嬰兒

2012.5.15

有瓦遮頭

喜歡下雨天
喜歡下雨天沁人的空氣撫摸皮膚如一位全方位情人

喜歡雨點找到大地的聲音
喜歡大地上雨點找到雨點的聲音

喜歡雨點在屋頂上奔跑著播種的聲音
喜歡播下的種子掰開兩半成為走路的鞋的聲音

喜歡下雨天在家裡，踱步，讀書，或坐回燈下的籐椅裡
無所事事，讀自己。風雨都在外頭

2012.5.17

風搖樹

甚麼比衝破圍牆的風雨更能打落花朵？
唱聖詩的人呢？
大路上催開人臉的標語和口號呢？
風搖樹，落紅舞。淹沒子彈的紅

落葉上的雨，滂沱綠
風搖樹，樹皮以皺裂和黯
等那道遠來的光拐彎──
倘若血是綠的，人類會否善良？

風搖樹，吹來雲又吹走雨
樹根搬來透明的水
太陽總不洗臉
倘若血是透明的，人類會否善良？

地球太小，不夠人類的腳
天空太大，已夠樹葉和窮人的手攀爬
風搖樹，落紅舞
地獄裡紛紛的手，一茬茬黑豆芽

聽說那盲人已用雙手飛出自己的黑暗
但臉上兩隻黑洞在等誰的眼珠？
風搖樹，天雨粟
倘若血是黑的，人類會否善良？

2012.5.21

趕車

巴士站前，街邊
一位小老太太
一路小跑
一路氣喘吁吁，不斷向
一路緩緩出站的巴士招手，再招手，好像
一路趕來只是為了說再見，好像

大孫子就在車上
被拐子佬拐向南洋，或西洋，她
一路不情願垂落的手臂，終於軟過她
一路起伏的腳步和呼吸，她
一路加速放大的小腳，幾乎趕上
一個經濟大時代吐出的尾氣

但是，巴士站旁邊的街角，又轉出
一位小老頭，也這樣

一路小跑
一路氣喘吁吁，也不斷向
一路緩緩出站的巴士招手，再招手，他
一路伸長再伸長的臂影，幾乎就

夠得著巴士司機的衣領，但也好像
一路趕來只是為了說再見，其實
他趕的是另一路車
他趕的是另一路車
多少老人錯過方向，落後於時間
落後於經濟大時代後面揚長的尾氣

但大街兩邊魚群般來去的年輕男女，他們
不這樣趕車，他們
趕約會，趕流行歌曲和新潮手機的款式
新鮮的花兒趕趁，不趕時間
新鮮的葉趕風
新鮮的人趕電影裡的電

他們有大把青春和火焰

慢慢溜達，手把手，等下一趟或再下一趟車

他們有大把本錢

手把手，等日落，看月升

看未來的潮水

漫過樹巔

看大把老人錯過方向，落後於時間

2012.6.16

木偶

你，當然不是木偶
空中的路你用雙腳走，用你自己的腳
你頭上的線
用你

你用雙手
抓住命運這根大纜繩，蛇行人間
路非路
你以為終於抓住，其實從不

不信，你試試走回昨天
無論如何轉身
身後總是一連串接連關上的門
甚至傳不來回聲

甚至連記憶那群長腳蚊子
夜夜亂飛
也不能側身穿過門縫，返回
裡面——

哦裡面
裡面那盞漸行漸遠漸暗的燈

誰的頭上
不懸一根虛線？
明天，明天是一張迎面飄來的大面額偽鈔
女妖般起伏，如飛毯

2012.7.19

走失

乖，別哭了
都是爸媽不好，讓你嚇著了

別哭了，啊，別哭了

你知不知道
其實每個小孩，都得走丟過一回
再找回來
然後才會長大的

別哭了，啊，別哭了

你看，滿商場這麼多人，這——麼多人
他們走來走去，走來走去
其實跟你剛才差不多
全都把自己走丟了

還不知道甚麼時候
才會讓爸爸媽媽找回去呢

乖，啊，別哭了，別哭了

都這麼大了，還哭呢？
等你真長大了
就跟他們一個樣了
把自己走丟了也不會覺得走丟的

有甚麼好哭的呀？啊

他們都不哭，你哭甚麼呢？
不能再哭了
不能再哭了，啊
再哭就長不大了，啊——

2012.7.26

學不上鋼琴的女孩

學不上鋼琴的女孩
眼珠特別亮，愛看表姐們學
表姐們平時不愛學，愛在她面前彈給她看

如今，表姐們嫁人已多年
除了指甲，早就甚麼都已不再彈了
彈不上鋼琴的女孩，也早已嫁人，又生了女孩

彈不上鋼琴的女人
懷胎的時侯，把胎兒懷到夢裡
把一架鋼琴懷在子宮——她不夠鳥兒做窩的客廳

也一定要塞下一架省吃儉用的鋼琴
她手指還不夠長的孩子
再哭再鬧再不肯也一定要放到琴鍵上面去學爬行

2012.9.8

北島攝影展

有了觀眾
才有一點一點各色各樣輪流起伏的臉
才有蘋果的顏色
和形狀

就像當初
你說的，必須有光

不然，只有黑暗，只有牆
和牆上
那些被窗紙和相紙封住的窗
那些被封條砌進磚牆裡的
紅色的嘴

不通向天空
也不通過自由吹拂的風

但有了觀眾
就有一點一點各色各樣輪流起伏的臉
就有蘋果的顏色
和形狀

就像當初
你說的，要有光
要有形狀，各色各樣風的形狀

2012.10.17

準遺囑

我死在哪裡，
就葬在哪裡。
葬在最就近的地方。
用最簡單最不用花錢的方式。

生前都不花的錢
死後何必再花？

無論土葬火葬水葬天葬，
我都葬於無。
無需任何儀式。
不要任何人來看。
不要。

他們若是要來，
早該在我生前就來。

請轉告他們，
當他們才想來，
我的祝福，已經吻著他們皮鞋裡
保養得很好的腳趾——

我會經常進入他們的夢裡，
但不叫醒他們。

2012.10.17

寫詩

鋪一張白紙
如鋪一張茫茫雪原大地
等那些小精靈
自天而降，朝上面跳傘

我問，怎麼全穿黑的？

她們四顧，然後仰臉，說
這些穿白的
和更多甚麼都不穿的
不都在等著你

看見？

2012.10.17

電話

一天，你給我來電話
有家人接了，便只好告訴你
我的消息，你突然
靜默，靜默成一個含住太多空氣的山洞

我聽見那些空氣
我住裡面

又一天，你也給我來電話
也有家人接了，也只好告訴你
我的消息，你突然驚叫——
哎呀，甚麼時候的事？窗外電線驚飛幾隻鳥兒

我是那些鳥兒
我用它們的翅膀一起翻飛

他和她和他們，有一天也給我來電話
也有家人接了，也只好告訴他們
我的消息，除了沉默，驚叫
還有不同音色的哽咽，抽泣，和更輕的歎息

隨一些落葉枯萎，飄向地面
飄向我的臉

沉默沒讓我睡去
驚叫也不再讓我醒來
但願你們當中能有一個猜得出
我其實一直惦記著給你們回個電話

一直惦記著
給你們回個電話

2012.10.28 1:13am

岳父

做了一輩子外科醫生的岳父
上禮拜便血

緊接著做腸鏡，發現是癌
正等著上公立醫院做電腦掃描，看還能不能切除

事前毫無徵兆，事後也毫無症狀
昨晚照樣來赴週末家宴，吃大閘蟹，喝黃酒

他還打趣說，真是報應不爽呀
以前劏得人多，終究讓人劏回頭

言罷呵呵一笑
又把蟹肉細細剔到小外孫女的小碗裡

2012.10.29

其實

我們一直等著此刻，等你寫詩
你寫得格外好，格外真，格外需要我們

其實所有的火，都等你升騰
所有的泥土，都等你降臨

所有坍塌的額頭，都裝星群
坍塌的肺，都裝鳥鳴

所有掉落鳥兒的枝頭，都留一道影
而斷落的枝頭，其實是起飛

2012.11.3

蟾蜍

一隻蟾蜍到我們家門前總也養不活國蘭的花盆裡做窩
岳父查出癌症

我三番兩次叫傭人把蟾蜍拿到河邊去扔
岳父做過抹片又做電腦掃描

但蟾蜍每次都回來，鄰居說這種邪門動物認得路
岳父入院

我接連幾個晚上收拾那花盆，蟾蜍終於不見蹤影
岳父昨晚手術，把腫瘤切除乾淨

但誰知道那隻蟾蜍會不會甚麼時候又溜回你眼皮底下
岳父的醫生說，一定要進行化療

2012.11.7

病逝也是陣亡

當死亡是陽光放下的黑樹蔭
靈魂唯有是掉落過鳥兒的枝頭上繼續掉落的鳥鳴

當死亡比夜裡沒有夢話的夢境更恬靜
靈魂唯有是山上的流水流下來流走的那片月光

地球上，病痛們在攻城拔寨啊
病逝也是陣亡

而人間是一張大病床
生命是肉體那塊不夠大的夜空掠過的不夠多的流星

墓碑讓它落實
墳頭讓它繼續隆起

當時間四出搜集草木的枯枝和我們的手指
山邊的鳥兒和屋裡的你都一直恬睡在夢裡

2012.11.7

鋼琴演奏會

用手指去彈德彪西是很沒根據地的事
很天外來客——
〈板畫〉很板，很板斧，很東歐，特別波蘭
而〈序曲〉則很蕭邦，很柴科夫斯基

正如我的童年，和現在，都很文革

德彪西或梵高的夜空沒有外星人的眼睛閃爍
是地球人很沒頭沒腦的事
所以每架鋼琴都必得踩著勃拉姆斯的步子
才能返回自己

所以舒曼瘋了，讓額頭跟隨著手指就衝出了城堡
而卡夫卡削尖腦袋也一直衝不進去

所以病痛把史曼諾夫斯基也逐出華沙
到達洛桑，才倏然謝世
歐洲太廣闊的雪地
總有幾顆不肯落地的紅果子

在等你。所以我對身邊的女博士生說

人莫斜眼看
歌要側耳聽
李白的大腦是很不一樣的
我們的兩邊臉和兩隻耳朵也各各不同

2012.11.8

問答

1

你問，幹嘛要寫詩呢？
我搔了一下頭

我又搔了一下頭
問，那，幹嘛要吃飯呢？

你用聲音跳起來
活著呀，生命需要呀

我說，對呀。

2

其實，我主要是寫論文
我不騙你

但誰不是

身邊沒睡一條扭來扭去的妞
心中也睡一條扭來扭去的蛇？

它睡醒就抬頭，咬咬你
從裡面。

3

其實，我也經常這樣問自己
其實答案是同一個——

無非是想，活著。

4

而答案其實也是另一個——
無非是想立一塊墓碑

跟時間作作對
好敗下來陣

這樣，總比沒作對過
敗得好看些——

哦不，好看多了！

2012.11.10

窗前

我斂住翅膀，站在玻璃窗前
透視天空這隻更高更大的藍鳥籠

我張開嘴巴，裡面
海水洶湧，海妖們出沒，陣陣歌聲撥弄波浪

昨夜，我又潛入夢中和一群鬼魂交換心律
她們依舊喜歡我的皮膚但嫌棄我的體溫

如今我斂住翅膀，站在玻璃窗前
站在陽光的利箭下點點生煙

2012.11.10

深切治療部[1]

謝謝你，醫生
謝謝你把這位正被死亡的黑馬車拉走的老人
從地下救回地面
從手術臺救回深切治療部

謝謝你
把我們的哀傷救回到幾天或幾年之後

謝謝你，醫生
病痛如你手中的手術刀降落
死亡如有軌電車到達
無法切除

手可以切除手
刀無法切除刀

1　大陸叫「重症監護病房」，香港叫「深切治療部」，原來是 ICU
　　（Intensive Care Unit）的譯名，「深切」二字一直讓我誤以為跟
　　大手術相關。

在全身麻醉的黑地層
在醒來的白日夢
他已依稀看見，自己的死亡
如外孫女的出生一樣

勢不可擋

秋去如猛虎
十二月到來如大鐮刀鋒刃上的風

2012.11.21

當一片明亮放棄了飛翔

烏雲
吐多少銀亮的蠶絲
縫補天空

趕來的風
叫她們不要再縫
不要再縫

要縫就斜著縫

2012.12.7

地鐵關門

一個黑西裝瘦男人被夾住
硬是拱一拱，就進來了
但扯不進另一重車門夾住的黑皮公文包
車門自動打開，再關

但幾乎收住腳步的一位女士隨即搶了進來
另一位更年輕的高跟鞋也搶了進來
自動車門嘩嘩嘩嘩關半天關一半又卡住
又自動打開，又關

但緊隨其後的一個老男人不失時機閃了進來
一個小老太也跟著閃了進來
一個大男人更快地閃進來
一件中學校服不快不慢閃了進來

一群撲通撲通跳河的青蛙

2012.12.7

十隻餃子

小慧吃了一隻
媽媽，真好吃！好好吃！

小慧吃第二隻
這麼好吃，留一隻給哥哥

小慧吃第三隻
她三歲半就喜歡吃

小慧吃第四隻
她最喜歡外婆包的餃子

小慧吃第五隻
她也喜歡外公包的

小慧吃第六隻
她快六歲了

小慧吃第七隻
她喜歡吃肉餡的，也喜歡菜餡的

小慧吃第八隻
她喜歡沾醋吃不喜歡沾辣椒吃

小慧吃第九隻
媽媽，能不能留半隻給哥哥？

2012.12.11

小道消息 [2]

1

他拈起一朵花。
他做著拈起一朵花的樣子。

2

我們望那朵花。
我們做著望見那朵花的樣子。

2　「拈花微笑」乃禪宗源頭公案，有說初祖達摩至六祖慧能皆未提
　　及，至唐德宗末年始見，至宋代盛行。見《五燈會元》卷一首篇
　　〈七佛‧釋迦牟尼佛〉：「世尊在靈山會上，拈花示眾。是時眾
　　皆默然，唯迦葉尊者破顏微笑。世尊曰：『吾有正法眼藏，涅槃
　　妙心，實相無相，微妙法門，不立文字，教外別傳，付囑摩訶迦
　　葉』」。顯然是禪宗僧徒為己開宗立名之作，流波遺響深遠，
　　但也難免諸多道聽塗說人云亦云者。

3

他似笑非笑。
他繼續似笑非笑。

4

我們受沉默統治。
我們的呼吸如鼻孔裡伸出的兩條腿來往於空氣。

5

眾中有人撲哧一笑。
婆娑蓮葉中一朵蓮花。

6

我們望那朵花。
我們望見了，那朵花。

2012.12.13

雪意

那年山洞前的雪很大
那年山洞前的雪掩埋了膝蓋

那年刀比雪白
那年斷臂落得比刀快

但山洞裡出來的絡腮大鬍子說
孩子呀，這不過是莽漢咬咬牙的買賣

不如你進來，陪我坐
看一條手臂如何再慢慢長出來

2012.12.13

天堂曲

我們是多麼輕啊，輕得都透明
所有事物都同樣輕，輕得沒有風的可能
我們輕得連沙發也跟著透明
每個人對重的嚮往都不亞於地球人對天堂

我們不吃不喝，只坐沙發裡看電視，天天看
我們不睡覺，只看電視，夜夜看
天堂沒日沒夜，只有電視
立體電視，輕得透明，人人都可以進去又出來

每個人都可以有任意多台電視，進化成複眼
每個台都有任意多個頻道
每個頻道又有任意多個節目
無限上網，費用全免，費用這種的概念也免

所有電視所有頻道所有節目在所有時間
都唯獨並且反覆播放一則消息：

我們以前是重的，將來也一定是重的
我們的重將永恆

但現在我們是多麼輕啊，輕得都透明
輕得沒有輕
沒有降落的可能
輕得沒有一顆灰塵，也沒有一個人影

2012.12.19

末日謠

末日：飄搖到紫光燈下的一張偽鈔
直至昨天這張飛毯還一直是真的

今日，末日之末：
天照亮，夜照黑，月亮的臉照樣雀斑

大都市照樣過剩燈光
和米飯

今夜，太陽照樣離我們最遠
冬大過年：幾戶人家伸手圍得暖一桌團圓飯？

最黑的黑夜口銜下一顆太陽嬰兒
人類即市場：其胃納已足以蛇吞地球這顆藍

末日不是日子：是方向
是臭氧層不再跟我們說再見

人類，駕駛文明號飛毯
在空氣之上繼續狂飆：無法拐彎

2012.12.21 冬至夜

洞簫引

今夜天寒，誰用長圍脖圍我？
山上的鳥鳴
已啄停月光之河的冰

幽幽窗櫺下，一群釉正爬出瓷瓶
黑暗中，引領室內空氣的
是一枚花的高莖

窗外蘆葦，舉著雨打斷的頭
挺著風扯彎的腰
任由露滴血，霜結痂

耳朵是一座精細的銀河
中央是幽深的黑洞
請允許它收藏

收藏風聲的螺紋

窗前，請允許流水再憂傷一個午夜
請允許我和門外高山同座
請允許窗口

這不堪空洞也不堪黑暗的夜之唇
用一夜呼吸
吹起鹽湖心中鹽的明亮——

那滿天的星

請允許一夜黑暗的無數黑袍
扛住那台燭火的大紅轎
起伏奔跑

請閉眼與星光同座，聽——
人間多少盲

2012.12.27

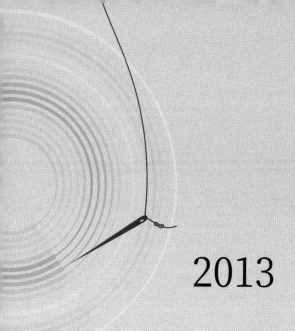

2013

別也斯

1

悲風吹高樹，寒蛩巡細草。
今夜，當時空彎曲
所有聲音、藝術和光，都來自遠

所以距離即道路
每個地上的腳趾都踩出一個小的問號
而你空中的腳掌踩出大的

所以你一回頭黑暗便降臨
螢火們提肛而舞
大都市水面上的燈盞倒立而行

這些夜的乘客
人類文明號吐出尾氣化成的省略號

如一首首詩懸浮於大氣

也浮泛於水的表皮

漂流瓶已沒有信
總得有人吐詞語破冰

但這次，請恕我不能與你同行
請恕我必須時時提著頭髮
才不至於消失

今夜，這堆堵在維港裡互相擁擠的海水
除了上升，其實
無路可走無處可去也無家可歸

2

悲風縈高樹，寒蛩隱細草。

今夜，當你放下一個自己
所有光、聲音和藝術，都來自輕

來自消逝的閃電
和你繼續托身的蟬

今夜，在虎地
在虎地偏高的樹梢
那些偏瘦的樹葉到處翻尋偏瘦的你

翻尋你偏厚的大衣
和偏厚的眼神
失眠成性的我已經很久很久

沒能夢見你的臉

誰，今夜又來拉攏夜幕覆蓋我的屋頂
覆蓋嶺南的山林和原野
如一床偏厚的大被？

長眠的人
是否也這樣合上眼瞼？

3

悲風鳴高樹，寒螿吟細草。
今夜，不管時空彎不彎曲
所有藝術、光和聲音，都來自深

來自有人吐詞語破冰

今夜，沿岸的蟲吟和鳥鳴
又翻出夜色和月光底下灰藍的波濤
反覆譜曲

翻出你平日散步沿海岸窸窣起伏的步履
來補綴粵語
這件偏舊的舊款長衫

這一直是你得心應手穿針如呼吸的手藝
一直是你胸中
輕鳴的蟬

縫紉夜幕的蟋蟀，引線補天的鳥群

今夜，你胸中輕鳴的大街小巷
船塢碼頭車道人行道霓虹燈招牌站牌路牌街招[3]
　　茶餐廳菜單和菜香
又在各引輕風渡南嶺

隨你渡盡南嶺之嶺，嶺南之南

天路宛宛，詞語鋪就道路
你飄舉的衣袂，已在群峰之上
多少落葉，在你身後

無法隨行

3　粵語詞，指張貼在街頭牆上的海報或廣告。

所以下面
至今也無法起飛的南海的海水
依然浮著

煮著
一堆堆大大小小的黑石頭

2013.1.6-16

墓誌銘敘事

他出生。他死亡。期間
他也曾被命名。這些
都不曾是他的選擇。此外
再沒甚麼事情發生或值得發生。除了
他命名的都被遺忘，或
被風雨抹去。除了
他穿越的風雨，都倒過來
抹去他的臉。此外
再沒甚麼事情被記述或值得記述。如今
風雨繼續，反覆，抹他的墓碑
苔蘚大軍也已越過泥土
親人的記憶裡，一堵堵老牆
返潮，風化，分層剝落
他手上那些老繭
臉上那些皺紋，在分層剝落；不分層也剝落。此外
再沒甚麼事情值得或真的發生。除了

記憶，時間長蛇褪下的蛇蛻
落在枯草間，被風吹響，吹斷——
啊，綠樹多麼綠
藍天多麼藍

2013.2.24

偉大的所羅門

除了一張飛毯他甚麼也沒留下
除了名字他連飛毯也沒留下
飛毯飛走了
連人民的夢想
也總在夜的深處反覆試圖起飛

如今，他石頭的臉
和那些寄掛在他石頭的下巴之下的箴言和詩篇
還有誰翻看？
無數白雲和清風
也只掠過無數山頭之上的藍天

2013.4.6

一點辦法都沒有

孩子長大之後和沒長大之前就不聽話簡直就像你當
年的翻版就像你爹說的地球轉完一圈又轉下一圈你
一點辦法都沒有

出茶時突然燙手茶盅啪嗒翻落到地面滿地茶水泛濫
提示你本命年本該風生水起但其實風起浪湧要特別
小心身體和敵人但富貴在天泥巴在地你一點辦法都
沒有

天使飛到窗前不獲帝國簽證最多一直滯留藍天如一
堆滯留都市上空上下升騰聚而不散的廢氣冉冉終日
不肯離去也不肯落下來你一點辦法都沒有

清明的雨唰唰唰掛起層層窗簾把祖父的眼睛和魂靈
擋在遠山那邊擋在更遠一點點和祖母的人影一起打
著墳頭的黑雨傘在耐心等你你一點辦法都沒有

舊情人在你的舊夢裡說新話滿屋頂月亮和星星醒來
全是新的新得讓你從沒見過般心痛但也全都是舊的
舊得像屋頂天花上的舊牆紙一直在斑駁凸起剝落但
夜深人靜人人都躺著睡著渾然無知只為明天努力呼
吸著呼吸著你一點辦法都沒有

又讀那些讀不懂《傳燈錄》的人滿嘴跑火車跑棒喝
公案機鋒話頭那根麻三斤的舌頭又舔你瞳孔耳膜而
你心中高山上又給太矮的天空繼續打針的高壓電線
高塔仍然高如理想但已不再奔跑也不再講語法卻依
然不會倒塌你一點辦法都沒有

你用鼻孔把空氣吸進來又吐出去但止不住牙痛也止
不住鼻敏感的噴嚏的狂風一如來自北方的 H7N9 禽
流感的狂飆向祖國更北和更南的肺部縱深處四處蔓
延如鼻竇裡遷徙的候鳥你一點辦法都沒有

春宵夜靜夜鳥爭春滿山亂啼亂喊亂叫亂踢連床腳也
節節拔節有聲似有一粒種子在裡頭發芽多年彷彿皮

膚底下那些青春痘痘一直發不出來其實早已無力再
發但也一直在發並且繼續發一如兒時銻桶裡發不出
芽的豆芽你一點辦法都沒有

電話公司為你續了兩年新約上個月就即時生效而你
懵然無知如在夢裡夢見青春不知去向醒來看見生米
和熟飯同在也和你再婚證書上新添的幾道裂縫補丁
同在主要和你新添的皺紋同在你一點辦法都沒有

但你張嘴又歌唱但發現原來並無聲響原來空氣是最
終擋住你的最大一堵玻璃而其實一直都在擋住你的
是你自己但其實你是不是你自己真的無所謂反正你
總是魂一樣飄來飄去飄過樓道走廊和山崗反正你拿
你自己一點辦法都沒有他們拿你你拿他們也一點辦
法都沒有

2013.4.15

夢中夢

有時候也知道自己在夢中也做夢
但生活其實很好
雖然不時都累
但總可以回到床上，讓眼皮關門，關進夢中，然後

在夢中醒來，穿衣，漱口，出門，坐車上班，下班
回來和一家人吃晚飯，看電視
直到累了
又上床，進入夢中，然後

在夢中醒來，穿衣，漱口，出門，坐車上班，下班
回來又和一家人吃晚飯，看電視
直到累了
便又上床，又進入另一個夢中

有時候做不成夢，或做成了惡夢，便從夢中驚醒
啊，原來是夢，多幸運，好在可以醒來
可以跳出一層大泡泡
還可以趁燈光讀幾首詩，幾行哲學，或幾頁雞湯

有時候也知道在夢中也做夢，便連醒兩次，三次
像一隻垂直三級跳的螞蚱，跳出大氣層
看月亮朝一層大泡泡上鍍銀
看太陽朝你臉上鍍金，鍍一條條比皺紋更細的金線

但夜航穿梭機突然就硬著陸，你被眼皮彈出機艙

便又起來穿衣，漱口，出門，坐車上班，下班
回來和一家人又吃晚飯，看電視
直到累了
便又上床，拉一張夢的大被單蓋好身體

這樣或睡或醒，在夢中，或在幾重夢中的夢中
在層層大泡泡的某層，吸氣，呼氣

吐完一個又吐另一個大泡泡套自己的額頭
看自己在最後那隻尚未踩破的泡泡中

踩著另一隻泡泡奔跑

2013.4.24

憶故鄉

在粵西，空氣圓潤
老水牛也不大見飲水解渴
夜雨，總是天黑就搬走村邊的樹林
天亮又搬回來

滿山樹葉，和樹葉上跳珍珠舞的露珠
托著一條小路
向上
通向祖母的老屋──

已經很久了
她不再和我們一起指星星，看月亮
看它夜夜刷白
外頭村無數龍眼荔枝樹托住的禾藤崗[4]

4　小崗上一石灰打造的圓形曬場的名字。禾藤，估計是禾稈即稻草
　的客家話舊稱，曬場經常擺稻草堆，冬天餵耕牛等，孩子們在稻
　草堆裡挖洞捉迷藏玩。農閒時，曬場是曬衣物，學自行車，偶爾
　也放電影的場所。

月光光，照地方
奔流的鴨嬎河哦，不低頭的婆髻嶂
她坐涼席上
為我遙指牛郎織女星的瘦手

如今
依然是斜倚門前那根乾瘦的柴頭拐杖
高出村邊四周圍過來的竹林
和我仰望的額頭

2013.5.12 母親節

無法忍受

我已無法忍受和家人或朋友在一起。
他們太俗。
他們不聽音樂，不讀詩。
更不讀世界名著。
他們甚至吃雞內臟，雞爪子。

還吃豬蹄，和豬肚。

我已無法忍受和自己的肉體或靈魂在一起。
舌太澀，心太苦。
我只好繼續聽音樂，繼續讀詩。
只讀世界名著。
繼續不煙不酒，不可樂，不香腸也不咖啡。

繼續吃素。

翻開一本又一本詩集。

我反覆發現自己。

是被上一頁紙夾住尾巴的鬼魂。

我反覆用指甲，

和牙齒，

咬住四十七樓的窗框，只准自己又跳出來

不准落下去。

我繼續，繼續只准自己

用不夠堅定的鞋底

反覆敲不響

這座高尚住宅大樓大堂雲石地板

滿地的堅硬和晶瑩。

2013.7.6 7:45pm

即便

給我一個天堂和一條通向它的天梯
我也不要
我只要我現有的人生
即便最後是消亡

給我所有的魔法和所有拿起它的指甲
我也不要
我只要我現在的世界
即便最後是消滅

給我一個地獄和一條穿過它的螢光路
我也不要
我只要我當下所有的記憶
即便最後是消失

給我一打如花美女新情人並讓我醉心於另一打

我也不要

我只要我原有的另一半

即便最後是消逝

2013.7.7 0:08am

接生

在顯生宙、新生代、新近紀、後新世、後紀元 3013 年，
關於白暨豚功能性滅絕那點芝麻小事，歷史失憶已多時；
瓶裝空氣，世上唯一的商品，盛行已多時；
未瓶裝的所剩無幾：天空已如裹屍爛布，
擠滿臭氧洞、高輻射灰塵和專叼人眼吃人腦的黑天使。

屬於動物界、脊索動物門、哺乳綱、靈長目、人科、
人屬的人類，高度進化成兩大種已多時：吃或被吃；
後者按「著地肢體數」又進化成兩大亞種已多時：
四腳會跑而不跑的叫人豬，兩腳不會飛而亂飛的叫人雞；
飽餐它們的上等人慣以看電視和打遊戲度日——
電視和電子遊戲一律按例裝嵌在新生兒的視網膜裡。

人類身體不得私藏原生器官法，施行已多時；
新人類接生法和接生衛生步驟條例，盛行已多時；
接生員的工作早已不是剪臍帶和拍屁股，

而是開顱，在腦幹處把原生大腦虛擬切除，無縫植入
最新型號的人工腦，再以無痕蛋白膠粘好頭皮——

等孩子們到了該唸書的年紀，
就從萬能網上拉一條無線充智插頭下來，
朝他們腦後骨後面的強智插座上捅一捅，又吹一口氣，
甚至吹不吹都行；而對少數精選優生嬰兒，
做法就更簡單了，就是做一次星際原版
免觸無縫量子對稱超 3D 全方位降維知識打印——

用一個跟幾千年前時髦女人燙頭染髮時焗頭用的電頭套
差不多的儀器，給嬰兒套上，
比打開微波爐熱飯還簡單容易，等它倒數到零，
一個平行派生多宇宙空洞無邊知識庫，
就全都打印進去了。

2013.7.19

向向佛者如是說

其實無佛可成。
明白這一點，拈手上的花就差不多開了。

當年，釋迦牟尼其實也不成其為佛。
他無非成為自己；
他無非睡下就死。

我們無非這樣重新命名
指稱
當年的菩提向他悠悠垂下的影子——

月亮背後的虛無，也這樣命名
夜空底下
那根指向它的枯手指。

若說有，也就是當下——當下的你：
前一刻不是；
後一刻也不是。

昨夜水波永逝；
明天的風吹不到今朝的雨。
唯有此時此刻如來如去，
如空前絕後絕版的孤獨獸。

若說有，也就是放下——放下自己，
放下身心兒女名利善惡得失；
放下一切；
放下一；

之後剩下的，是任你伸兩雙手二十根手指
也抓不住捧不起的透明體。

但一切都了了透明是多麼無聊的事——
無非等死；
無非等不到死。

無非回頭又看看人世：
一群群無頭蒼蠅又一群群無頭蒼蠅
在團團亂轉中圍住自己找自己；

無非恨不得長四張嘴巴朝八個方向大喊：
你在你裡面，你裡面就是你——

但耳朵們在奔跑；
回聲們在長太短的腳。

唯有繼續熱愛他們身邊的空氣；
唯有繼續
伸更長的舌頭
做那些鞋包住的腳更走不完的橋。

對於你，請原諒，我必須收回剛才的話——
其實並非無佛可成。
沒上過巴黎鐵塔的人也說巴黎；
沒上過月球的人也說月亮。這些，都是

人的自由。

我沒有自由；也沒有自己。
只有本來如此，究竟如此，只有無條件無邊愛你。

但事事都了了透明真的很無聊，
包括了無生死。
所以，
最好還是返回人間，自然而然，
本該如此，活下去——

好好活；
好好擁抱身與心，妻子與兒女；

好好在名利善惡得失的爛泥中打滾，再打滾，
在團團亂轉中找自己。

其實，這是一件多麼流水般活潑可愛
又妙趣橫生的事！

且放你的腳反覆長出腳氣。

2013.7.31

誰還睡在你皮膚底下那層睡袍中

龍生龍，鳳生鳳
每個人總要成為心中想要成的那個人

霧濛濛，天空空
每個人總要撒腿追趕眼前這場夢

樹成叢，草成蓬
一股煙趕一股塵，一陣雨隨一陣風

每個人終要成為心中想要成的那個人
但如今，誰——

誰還睡在
你皮膚底下那層睡袍中？

2013.8.2

墓地
——蘇格蘭斯特靈城堡

在墓地，墓和墓是排排坐分果果的
正如人和人在人間

人和人
也是住水泥石頭磚塊砌成的方盒子的

而墓是更小更深也更厚更重的
並且有腳的

墓的腳，是慢的
悄無聲息並且近的

風的腳，是輕而無形的
並且專摘墓碑和石雕上的人臉的

遠來的風，吹過斯特靈城堡墓地的
樹葉和草葉

就吹我們這些遊人的
頭髮

2013.9.5

飲茶

我不反社會，但反電話
反對週末那些相邀出去飲茶的電話
一來沒啥好吃，無論多麼馳名的點心
除了油就是味精，黴黑的普洱茶
除了泡出污水就是黃麴黴素
無非你需要，我賺錢，無非你死好過我窮

二來地方吵吵嚷嚷，說話對著對方耳朵大叫
也不如隔著太平洋的浪濤喊和平
越聽不見越喊，越喊越聽不見
不如兩架客機撞塌兩棟摩天大廈隔海傳來的波紋
不可能交流交待點甚麼
不過是大家都這樣所以我也這樣

當年大家都手持紅寶書你也手持紅寶書
旗幟和口號的浪潮浮起你的頭、手臂和嘴巴

如浮出混濁水面才能呼吸的魚群中的一條魚
當年人人喊打反革命你跟著喊打
後來人家打恐怖分子你也喊打
打伊拉克你也喊打
現在眼看就要開打敘利亞

現在眼看大家週末都相邀出去飲茶

我反對相邀出去飲茶的真正原因
是但凡人多的地方瘋子傻子難免也不少
所以經常情願一個人呆著
以肉體的虛無會見牆壁的堅硬
這樣做當然不會讓你變得更聰明
也不會讓牆壁變得更厚實
但可以讓你不把更多人傳染得和你一樣傻

2013.9.8

忽然秋風

咳嗽和噴嚏來自同一種秋風
打擊的強度和部位不同
相同的是後面
有人或病毒在暗戀或暗箭你

老闆和他主席的人事任命委員會
不支持你的升職提名
但支持你繼續升高額頭懸掛的高度
小丑木偶人掛紅鼻子的高度

其實是同一棵樹上
位置同樣偏高的兩顆紅果子
明天是中秋節了
今天它們晃呀晃

明天是中秋節了
今天秋風把遍地的草都貶值一番
明天是中秋節了
塑膠人今天把鼓脹的腮幫和厚嘴皮鼓得更脹

明天是中秋節了
今天老闆坐在高靠背的大椅子裡仰頭仰臉對你說
你不同意你明天可以上訴你今天也可以上訴
你可以在七個工作日內上訴

果子不同意可以在七個工作日內掉下來
猴子不同意可以在七個工作日內爬得更高一點
吊著自己晃呀晃
茶不同意你可以一口把它喝掉
杯子不同意你可以一把把它甩到水泥地上
你可以甩七次

你總以為一個人一有機會就給他一個機會
是多麼令人愉快的事

你忘了一個人一有機會就不給他一個機會
也是多麼更令人愉快的事

你不同意你可以把喝完茶的牙齒咬碎吞下去
你可以吞七次
你不同意今夜你可以繼續失眠
繼續仰頭仰臉仰眼仰望窗外明月高懸

2013.9.18

山門

1

山中，一聲小鳥就叫高了白雲
忙於擦拭的天空

一陣風，就吹遠了雙腳
忙於追趕的山水，一片又一片的山水

2

去路即歸途
來到山門，也去往人間

更去往林子裡青苔下面的石頭陣
樹根，抱住它們猛長道路

清晨，一聲小鳥就叫高了天空
你略略抬頭，胸口就一口接一口變藍

3

衣襟前，菩提珠們自由宛轉
經書裡跳出來的音符

在眼前這些人，這些樹，這些瓦影下
宛轉：一大張樹葉餵養著一條又一條幼蟲

山中，一聲小鳥就叫高了白雲

4

耳朵裡，耳鼓那隻老木魚
已被老師傅敲成一條沿春天的山勢遊走的溪流

潭邊融雪，反覆解開
黑夜反覆結出的一層又一層堅冰

5

多少記憶攜往日撲打你的坐姿

雨後，一群群四出飛翔的螞蟻
在你靜靜放下的呼吸裡

斂翅：山上，秋果落地的聲音
一枚比一枚清晰

6

日夜山泉跑，春秋大雁飛

而此刻，瓷碗裡的水只是靜靜
散入空氣

昨夜的雨水，只是在那幅老牆上
繼續透明，繼續一滴接一滴反覆練習篆書

7

山中，一聲小鳥就叫停了天空
鐘聲是隨風滾動的石頭

夕陽，按時為天地舉行絢爛婚禮
按時在一座又一座遠山之外

安放自己
一寸接一寸暗紅下來的肉身

8

山中，一聲小鳥就叫低了瓦楞上的暮色
滑進你前額的燈，拖曳著夜

9

池裡荷影，依風搖曳
趁山月新斜

爬過山門前一級接一級向上的臺階

爬上你脫置床前的一隻布鞋
又爬上另一隻布鞋

10

今夜，窗外的枯樹枝上垂掛
哪一群蝙蝠的耳朵？

今夜，我們睡著飛行
時間是我們的飛行術

今夜，我們是一株株飛行的樹木
辭退了道路，蛻掉了根

11

山有門，路有人
燭無影時風無痕

天無心，地無垠
每一道光都在夜的果肉裡飛奔

每一個你都在抱住，孵化
那隻果仁

12

哦，破曉的太陽

13

山中，一聲小鳥就叫開了黑夜的果殼
關不住的天空

一陣風，就吹開了兩扇山門的眼皮
關不住的山水

一片接一片到來的山水

2013.10.10

潑茶

茶冷了就潑掉，連同茶渣
茶杯破了就扔掉

茶壺破了
就把壺蓋和綁壺蓋的細繩
一起扔掉

茶盅破了
就把無繩可綁的茶蓋和茶托
也扔掉

情人是河裡再粗的纜繩也綁不住的船
情人走了
就把繩子和船連同自己一起扔掉

火漸熄，水將遠，茶將淡

時間也將把衣服漂洗爛
留多少都不添暖
留多少就有多少傷殘

2013.10.12

華北平原

大平原，長風兀兀
彈奏完一路
突兀兀高矮起伏如音符的白楊樹
就去彈另一路
突兀兀高矮起伏如音符的青楊樹

陽光的指尖高貴
大平原，在晾曬貧窮的黃金
眾草金黃
眾山和眾雲在天邊奔騰
高矮起伏，起舞

大平原，長風兀兀
彈奏完一路
肩負農具和灰土高矮起伏如音符的男女
就去彈另一路
身負補丁如財富高矮起伏如男女的音符

這些奔走的光高遠，蒼穹垂下的大巴掌
柔軟，瀉下藍寶石的溫潤
城鎮煙囪，依舊羅列高舉紅標語冒黑煙的白手臂
多少向上的嘴巴空空
鄉村的泥土深沉

當年，載我奔往大學的火車衝出夢魘
轟隆轟隆，一根一根數過大平原
數之不盡的肋骨
時至今日，它也一直還在我耳膜裡不停地數
在我腦門

那張專供翻播舊影片的寬銀幕上
一幕幕反覆數，反覆數

2013.10.12

失語症

在你裡面爬行的詞語有些不能到達黎明
有些黑繈褓裡的嬰兒
身上只長出不夠長的爬藤

註定是夜的殘片，不能爬近燈
荒山野墳爬出的鬼魂
註定不能靠近人

註定你一上床他們就叫喊
嬰啼總在夜半
註定你一合眼他們就在你裡面閃
屋頂上那個死嬰註定再次張開雙眼

所以早餐的頭等大事註定是一場水葬
註定一大杯白牛奶的懸河

要把一大把藥片
沖向你裡面

那團仰著張著大口的黑暗

2013.10.18

禿頂

打鳥人
頭頂上的光芒

還是嚇跑了樹枝上
那隻鳥兒

身上
所有的羽毛

2013.11.3

不穿鞋子的音樂

我打太極拳的時候
經常放些音樂

我打太極拳的時候
經常放中樂
而不是西樂，爵士樂，或非洲鼓

我打太極拳的時候
經常放古琴
而不是古箏，琵琶，嗩吶，或二胡

我打太極拳的時候
經常放山邊飄落的鳥鳴
而不是購物商場的擾攘，或街邊汽車的衝撞

我打太極拳的時候
經常放心中闃闃流水的寂靜
放軀殼裡不穿鞋子的那個人出來走走

2013.11.25

鳥叫

我不養鳥。
天地已是一隻大鳥籠；
人心是另一隻：
任你飛，任你撲騰。

把一隻活物圈進籠子裡養，
總不是個事兒——
即便餵以龍肝鳳髓；
即便寵以金絲籠。

我不養鳥。
屋前屋後的山林裡，全都是；
天天天沒亮就輪番對唱；
把夢，都啄破；
把太陽，都叫起床。

要聽，就放長耳朵推開窗；
要看，就打開大門走出自己的胸膛。

即便只坐客廳裡任由門窗四敞，
四周的鳥叫，也輪番
對你發動一場場解放戰爭，
此起彼伏，輪番攻打你
門窗四敞的鳥籠。

這些此起彼伏，
甚至不叼走一縷茶煙。

這些此起彼伏，每一聲
都把空氣
撕開一道裂縫；
每一聲，都撕開一座鳥籠——

你的肉身。

2013.12.2

暖水袋

風驟緊，夜驟寒
一張被子冷，另一張也冷
溫度計把自己越看越矮——

你不是我的暖水袋

人孤眠，月孤懸
人在天地間
多麼容易就被貧寒和冷變小——

你不是我的暖水袋

一個被窩不暖，另一個也不暖
屋裡的冷空氣，有越張越大也越合越小的嘴
也有窗邊冰棱垂下的牙齒——

你不是我的暖水袋

屋在山腳下，夢在曠野中
冬夜裡，穹窿下，人
多麼容易被天地曠遠和域外星光抹去根據——

你不是我的暖水袋

恍惚要睡去，恍惚要想起一個人
心中生起一絲熱
一絲絲想著明天，明天——

你不是我的暖水袋

但早上準有陽光敲響玻璃窗
憑空而來
踏破冷空氣的準是一串戴金鐐銬的腳步聲

2013.12.2

死亡來得有點不真實
——悼念岳父周清裕醫生（1931.9.27–2013.12.6）

死亡來得有點不真實

有點太輕

輕過輸氧管裡的氧

輕過兩張無牙的嘴皮上鼓伏的呼吸

死亡比路過的光或空氣

還輕，輕得

吹不動流雲，炊煙，花草，或樹枝

吹不動行人或你外孫女的髮絲

輕得甚麼也不改變

甚麼也不發生

輕得好像一個人不曾存在過

不曾來，也不曾去

死亡來得有點不真實
當你還摸著他的手但已摸不著
當你還看著他的臉
但已看不見

親人的死亡像空氣，輕輕抱住你

2013.12.9

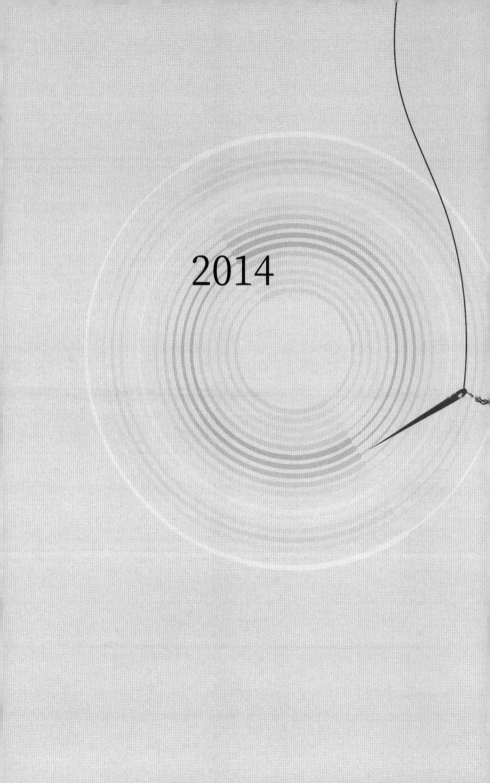

2014

我有兩隻眼睛

我有兩隻眼睛——
多麼有幸，不是一隻；
多麼不幸，不是三隻：
那第三隻已退化成松果體。

我有兩隻眼睛——
一隻大；一隻小。
多麼有幸，不是兩隻都小；
多麼不幸，不是兩隻都大。

我有兩隻眼睛——
一隻雙眼皮，一隻單眼皮。
多麼有幸，不是全單；
多麼不幸，不是全雙。

我有兩隻眼睛——
兩隻；而非四隻。
所以造字的
是我們家直系老祖宗四眼聖人倉頡。

我有兩隻眼睛——
雙眼皮那隻顧盼如美女，
但早早就近視；
美女自有美的不幸：

看甚麼都是煙鎖樓臺，花籠重霧，
山似停雲，樹如潑墨：世間萬物無不在大行騙術；
看眼前的生人熟人好人壞人真人假人奸人惡人，
面孔都是煮不熟的麵糊糊。

我有兩隻眼睛——
單眼皮的那隻簡單精明如光棍，
直到中年也只肯成親，不肯老花——
光棍自有光的快樂，也有棍的執著：

下輩子一定用一隻
專找心裡眼裡都晴空萬里的情人，
用另一隻專找她臉上頭髮上一直生長的陽光，
而不是一直生長的雙眼皮和長睫毛。

我有兩隻眼睛——
一隻近視，一隻遠視。
把論文和報紙拉近鼻端，也全是花體字；
把手機地圖拉遠到山東，也不識泰山。

我有兩隻眼睛——
一隻大，一隻小；
一隻雙眼皮，一隻單；
雙眼皮的近視，單眼皮的老花：

如同同一顆頭顱上長出來各執一詞各執真理
東拉西扯著同一塊肉的兩條狗；
一對身懷絕技也身兼絕症的難兄難弟；
一對扶持到老也爭執到底的老夫老妻——

因老弱而糊塗而倔強而爭吵不休相濡以沫一致決定
要自然而然坦然面對視網膜黃斑病變：
漸漸凋謝飄零的無非頭上那朵高居不下的白雲；
漸漸疏朗的眉毛無非眼前兩道舊屋簷。

我有兩隻眼睛——
一隻近觀，一隻遠望；
一隻看月明，一隻賞日落：
哦遠方，絢麗的晚霞，一天天為夕陽鋪好床單。

2013-14

頂多

又一位親人在死去
在以最慢的呼吸
衝線
大家連夜從四面八方趕來
踩著電話線趕來
掛在機票
或手機信號上
趕來
爭取見最後一面
頂多見上最後一面
頂多見不上
頂多哭大聲一點
或小聲一點
頂多再哭一哭
或不再哭
頂多眼淚又無聲流出

或有聲流出
或不流
二擇其一
生與死，頂多是死
親人哪
情人哪
輪到我時
你頂多也就這樣
輪到你時
我頂多也這樣
總不能抱著
一塊死
總不能把死的
抱活了
頂多是抱暖一點點
或一段時間

2014.2.21

夜路

一個人摸黑上山，會害怕；
兩個人，就不那麼怕；
三個人，就基本不怕了——

戰場上

一個班或排的士兵，朝槍口衝鋒，會害怕；
一個連，或營，就不那麼怕；
一個團，或旅，就基本不怕了；
一個師，或軍團，就不但不怕，而且振奮——

浩浩蕩蕩啊

這些愛聽機槍和炮彈點名的人，
他們向地獄衝鋒，

就像
向著勝利

或天堂──

2014.3.6

春分，南山之南

山坡平緩，如熟人
高山高，遠山遠，陌生人
懸崖陡峭，突然冒出的敵人
而歲月，是看不見的──

一些隱形流沙
從裡面沖刷你的身體

何其有幸，住山坡而面懸崖
何其有幸，住身體而居家
每有風和日麗，或雨過天青
便也出去遠近攀爬

而歲月，是看不見的──

一些隱形蛞蝓
在反覆篆書你的前額，眼角和下巴

登高望遠——
夕陽，反覆自沉的故人
新月，舊情人反覆遙掛天邊的半張臉
燈下黑，圍坐身邊的蒙面人

而歲月，是看不見的——

一些素未謀面的老熟人
如期而至，如在夢中
譬如五十這個數字，一直朝你的百會穴跳傘
譬如春分下午兩點半朝你眉心迫降的那滴雨

而歲月，是看不見的——

一些低頭不見抬頭見的陌生人
酒後突然朝你吐露心聲
吐酒，吐露鯊魚喉嚨裡的牙齒
而歲月，是看不見的——

突如其來總在料峭春晨
眼角路邊，梨花一夜競撒白紙錢

克里米亞一夜割棄烏克蘭

馬航客機一頭栽進大海

臺灣學生一夜醒來人人高舉太陽花

曾幾何時，我的童年也朵朵葵花向太陽啊

而歲月，是看不見的──

突然拐彎的航線

線頭突然化作一頭石頭鳥

天上地下，那群無辜乘客轉乘靈魂歸來──

一群來不及打開降落傘的殘骸

而歲月，是看不見的──

衛星反覆掃描天空，軍艦反覆翻耕大海

而大海反覆積攢憤怒和悲哀

一群黑雨落向地球

落向那隻睜大的盲瞳藍眼珠

而歲月，是看不見的──

那些不穿降落傘的癌細胞
降落你體內，從不呼嘯
那群乘空氣出發去追趕青春的落髮
降落地面，從不呼嘯

而歲月，也是聽不見的——

事故和病故，是懸崖陡峭
山坡平緩，是歲月靜好
簷外山間，一群群發情求偶的夜鳥
夜夜準時在四點半喧叫

把你夢裡河山翻來倒去

2014.3.22

海子祭

你已發現你的遠不在遠方呀哥哥
你這樣出走到底是為何
你腦門裡的聲音奔突不到空氣外頭呀哥哥
你的笨舌頭從未舔著過女人身上的火

你這樣出走到底是為何
黑身影像一隻割下來走路的耳朵
多少黑靈魂還在身後踩你的黑腳印喲哥哥
多少黑耳朵這樣連夜出走到底是為何

多少黑臉人如今都面朝大海春暖花開喲哥哥
你這樣出走到底是為何呀
更荒涼的高樓捅下了更多的雲朵喲哥哥
還不連夜出走這到底是為何

不用走向黑鐵軌
時間的黑輪子也在我的脖子上碾過呀哥哥
四姐妹淪陷人間也止不住臉皮的剝落
今年我都銀婚了還不連夜出走這到底是為何

2014.3-5

三月三

春青青，雨麻麻
窗邊山腳下，今夜響牛蛙

風呼呼，葉沙沙
忽聞君出家，如聞初戀情人他嫁

身出家，心出家
真養一株樹，善發千朵花

半缽飯，一盞茶
家莫非天涯，天涯莫非家

豆屬豆，瓜歸瓜
誰不披皮囊這副袈裟
誰不住蒼穹這座屋簷下

路無盡，生有涯
且寄春窗下，竟夜聽牛蛙

夢無影，燈有花
長風未歇腳，黑雨又漂瓦

這一夜
要洗出多少紅霞？

但明朝
回頭或者又把黑雨下

2014.4.3

趁雨後天晴有些陽光

坐在路邊綠草地的水泥凳上
看山間公路從山腰隧道蜿蜒而出
看身邊車輛呼嘯而過
穿過身體的日子一架接著一架
有的呼嘯，有的不

草裡有些螞蟻來去
心間有些悔恨來而不去
有的爬行，咬噬，鑽天打洞
有的其實甚麼也不幹
只是在那裡

路這邊的湖裡有些魚在飛
山那邊的天上有些鳥在追
吐泡沫的吐泡沫，揚翅膀的揚翅膀
把天地當作洗手間，當空灑下排泄物
有的發出聲響，有的不

身上有些惡行如衣上污漬
心底有些善念如雲中雨，泥裡籽
有的樹枯萎，有的草死灰
有的人
在死灰裡隱隱欲燃而不能

中年午後，日影冉冉向西
趁雨後天晴有些陽光在潑蜂蜜
坐在路邊綠草地的水泥凳上甚麼也不幹
迎風想想舊情人隱沒天邊的臉
身上毛孔有些開始探頭張望，有的不

身上皮肉有些葉子在陣陣發青，有的不

2014.4.16

逆著光
——遙輓夢蝶公棄蛻

天色未晚，紅塵中，有清癯客
如欠最後兩滴清淚，點綴
破繭的翅膀
以潮紅的雙頰起飛
孤身抖落九十四年塵埃，逆著光

天色微暗
一顆西隕的夕陽微暖
一群微明的暮雲圍過來殮葬
一圍微冷的霞光
尤鑄火於枯樹的曠野上

莊生，莊生
你還坐那時空盡頭
鼓盆而歌嗎？

請伸出手掌，推開夢的門窗
你來生的蝴蝶，今夜歸來，逆著光

時間的嘴，咀嚼
九十四年風雨舊書的瘦
是哪一位玉女的手
撫出一顆
因孤絕而嶙峋到不佔面積的額頭？

莊生，莊生
你是否還坐那大夢之中
席地而唱？
請張開臂膀，推開時空的圍牆
你前生的蝴蝶，今夜歸來，逆著光

2014.5.8

講經

首先，請讓我介紹一下自己：我是，佛。
哦不，也不是。

不必是；也不必不是。所以是。除此之外無佛。
大家都應當這樣想。不，不是想，是原本如此。

不過，話說回來，倘若我是佛，你是佛，
大家都是佛，
就沒甚麼好講的啦，是吧？沒必要講。

倘若我是佛，你們不是，或者我們都不是，
就更沒甚麼好講的啦。雞同鴨講；或亂講。

其實，無非，有的玻璃上面灰塵多一些，
有的少一些。其實誰都照見誰。照見自己。

所以，很高興能有這個機會
這個機緣，和大家，而不是給大家，講講經。

首先，我講的，和過往，以及未來，諸佛講的，
不大一樣。當然也一樣。

倘若講的都一樣，就奇怪啦。大家莫笑。
倘若講的都不一樣，就更奇怪啦。
大家莫笑，莫笑。

其次，哦不，首先，佛，是沒法講也沒得講的。
只能講講，經。

經嘛，隨便怎麼講都可以，
如是我聞記下來便是，
只要有人來讀。

前人後人別人不知甚麼人
講一些造一些也都未嘗不可的。
偽經很多。但很多偽經都是真的，都是真經。

所以，你們隨便聽聽，意思意思就行了。
千萬別當真，以為是佛，以為有佛。

但，也千萬別不當真，以為不是，以為沒有。
看見沒有，那些不知道甚麼牙，擺上去，
不也正正是佛牙嗎？

但把鏡子擦得再乾淨，裡面那個也不是你。
但也是你。
把鼻子擦得再乾淨，外面那個也不是你。
但也是。

所以，接下來，我最好首先解說一下這個名詞：經。
所謂經者，徑也。

所謂徑，就是我們常說的路啦。
而經，就是書本上面、書本裡面
以及外面的路的意思。

講經，就是嘴巴裡有條路，用舌頭走走。
路嘛，得自己走。誰都得自己走。
就連牙齒也得自己走。

走到了就到了，就再無需路了。但路也還在。
走不到嘛，走得再遠，也還在路上，
甚至還沒上路，

甚至還沒有路。飯得自己吃，路得自己走。
對，用腿；
不不，不一定用腿。隨便用甚麼，
反正走，就是了。

說是沒有用的。哦不不，說也是走，走即是說，
聲聲如步，步步有聲。也可以無聲。無聲勝有聲。

你看，我的舌頭不也是在走嗎？看見沒有？看見沒有？
但其實它並沒走過。從來沒有。所以坐，也是走。

所以，回去打坐呀。打坐即是走。
但我打坐，我走，對你是沒有用的。

別人吃飯吃不進你肚子。別人走路走不上你的腳。
坐得自己打。路得自己走。走起來。走。

在路上走，不要在夢裡走，不然醒來還在床上。
若是夢裡走，就要一步跨出那隻大氣球。
蒙住眼的那隻。

若是跨不出來，在裡面走走，也好。總比不走強。
其實，我們現在也正在夢裡走著。不管哪裡，

走，總比不走強。
不定哪天跨擦一下就跨出去了，跨出來了。

路，是很有意思的東西，哪裡都有，單單床上沒有。
其實，也有。夢裡也有。睡著，其實，就在走。

更有意思的是，有路的地方是路，
沒路的地方也是路。

路真正的意思，是走過去。走過去，就是路。
不走過去，甚麼路也不是路。

所以路總在你後頭。在後頭，明白嗎？
前頭的路是走不盡的。走不盡的，才是路。

不要以為路的盡頭是甚麼，或有甚麼。
盡頭有甚麼的，有盡頭的，是絕路。

也不要以為路的半道上有甚麼。
路上有甚麼，就有障了，你得另闢一條路去走。

但也不要以為路的盡頭沒有甚麼。
更不要以為路的半道上沒有甚麼。

路在路上，空在空中。所有的路加起來是一條路。
所有的空加不加起來都是一個空。

所以有一條路就有另一條路。
所以你隨便走哪一條路都行，但不能同時走兩條。

但是，到你能一隻腳走兩條路的時候，你就走到了。
就像我每一句話都進好多人的耳朵。

走路；吃飯；講話。就這麼簡單。
當然最好是別講。不過最好還是講一講，
所謂智慧佈施嘛。

當然，講了也是沒講。也沒佈施。
本來就沒有。

走路；吃飯；講話。
就這麼簡單。沒講過那麼簡單。

好，今天就簡簡單單甚麼也沒講過地講到這裡。
希望你們喜歡，受持奉行。

聽明白的請出去走走。
沒聽明白的也請出去走走。

2014.5.13

又一城洗手間的牆鏡

見一位老男人在高檔象牙白尿池前低頭，
掏來掏去掏半天掏不出一個自己；
真想幫幫他──
但也隱痛欲滴哦，
誰沒有前列腺那叢有口難開的荊棘？

見一位少年人在諾大一面牆鏡前
拿額角一綹濕髮捋來捋去捋半天捋不出一個自己；
真想幫幫他──
但也蠢蠢欲動哦，無悔的青春痘
幾乎又發芽在我腮幫鬆弛空洞的毛孔裡。

見一位謝頂大叔在更大的另一面牆鏡前梳來梳去
梳半天梳不成一個地方支援中央的架勢，
反覆點名幾根守不住陣地的戰士；
真想幫幫他──

但也幽幽發亮哦，
我額頭上數著秋日隨雁陣撤離的 M 字。

見一隊高跟鞋在女廁門前排隊，越排離門口越遠，
一個個翹首以望，望穿秋水也望穿羊水，
排來排去只排出一群影子或卵子重複自己；
真想幫幫她們──
但又落荒而逃哦，我羞愧無地的
膀胱和心臟，又低頭潛伏，在社會大魚群裡。

2014.7.15

畜口一樣好好活著

這是準備好好寫一首詩的題目
寫了好幾天
哦不，寫了大半輩子
都沒寫成

今天，只好把這題目
好好重抄一遍
然後把生活
又重新繼續下去

繼續像畜口一樣低頭，好好打工
好好吃，睡，輕輕呼吸
不放出鼻孔裡的鼾聲
和肺腑間的嗥叫

去驚擾

房樑上爬過的貓
和天梁上滑過的月亮

2014.8

窗臺草

別人，多在窗臺擺幾盆花
我獨在窗臺養一株草——
一株草
不是一株菜，可以吃

一株草，隔天澆水
隔三差五施肥
每天，定時拉開窗簾
給它陽光：一個星期不給，它就蔫

草啊草，我給你水分、空氣和陽光
你快長吧，快快長——
但怎麼長
也長不到天花板

草啊草，我給你水分、陽光和空氣
你快長吧，快快長——
但怎麼長
你也長不穿窗玻璃

飛吧，草——
你已茂盛成一隻撩得開無數翅膀的鳥
幾乎拎起了整座花盆
飛吧，草——

但即便根莖不是把你種住的腳
怎麼飛
你也飛不過
那藍死過無數飛鳥和望眼的藍天

2014.8.31

他的遺囑是一隻蘋果

孩子呀，我要走了，
要坐上這趟沒有車廂
也沒有返程票的超速懸浮列車——
是時候把這隻蘋果交到你們的手中。

它已不是綠的，黃的，甚至黃裡透紅的；
它也還是綠的，黃的，主要是黃裡透紅的；
當我飄向太空，從太空深處回頭看，
它依稀是，已不大是，藍的。

它的名字叫地球；那是我們起的名字。
不同的外太空生物種群對它的叫法不一；
其中一個，倘若詞對詞直譯過來，差不多是：
人類等既低智又貪心的生物種群
寄居並毀壞的核心為鐵的星球。

孩子呀，證明給他們看，
他們起的名字太長了；證明給他們看，
這隻蘋果是綠的，黃的，
特別是黃裡透紅的，更是甜的。

2014.9.25

矮個子的煩惱

總有矮子以為
你不看他是瞧不起他
而你看他，也是瞧不起他
你蹲下來平視，或仰視
更是瞧不起甚至公然侮辱他

尤其是有點錢或有點權的
偏矮的或偏更矮的老細或老大
尤其是偏胖的或偏瘦的
頭髮偏白的或偏謝頂的或已完成謝頂的
尤其用眼裡精光砍你膝蓋

尤其砍你脖子但夠不著
眼光不夠遠，指甲也不夠長
唯有像豬頭吐著蛇信

年年用年終考核砍你工資和貢獻
以為這樣,你就會矮下來

或跪下來

2014.10.15 18:32pm

沙子和石頭

沙子們
對石頭恨啊，那個恨噢——
他們圍過來
他們圍過來——
咬！

咬成沙子
咬成更細的沙子

這些更細的沙子
對石頭恨啊，那個恨噢——
他們也圍過來
他們也圍過來——
咬，咬，咬！

把更大的石頭咬成沙子
咬成更細的沙子

這些更大的石頭
對高山恨啊，那個恨噢——
他們圍過來
他們圍過來——
砸，砸，砸！

把高山
越砸越高，越砸越高。

那些高山
高啊，那個高噢——
除了讓石頭砸
除了讓沙子咬
除了讓更細的沙子咬

反正也沒甚麼事兒
好幹

2014.10.25

謊言

事實是：
黑夜沒給我黑色的眼睛
我也不用
用它尋找光明

事實是：
睜開眼睛就見光明
除非不肯睜

除非是瞎子
除非戴著謊言的大海做墨鏡

除非世上沒光
除非心中也沒有

除非心中和手中
全都是斧子

事實是：
黑夜沒給我眼睛

事實是：
我用眼睛尋找食物
和漂亮的女人

甚至僅僅
尋找漂亮女人的照片

事實是：你也如此

事實是：
媽媽給了我並非黑色的眼睛
我首先用它尋找媽媽

事實是：

媽媽給了我深啡色的眼睛

我主要用它找老婆

找

通向她的路

事實是：

黑夜沒給我眼睛

更沒給我黑色的眼睛

我卻用它看路牌

和電影。

事實是：

你願意聽信謊言和美麗的電影

多於事實

你甚至不願意相信
自己這樣相信

事實是：
謊言經常站在我們這一邊
而不是

馬路對面。

2014.10.26

告友

親愛的，倘若有人告訴你
我說了甚麼甚麼
做了甚麼甚麼，千萬別
信以為真

除非親耳所聞，或
親眼所見

即便親耳所聞
也別信以為真
我說的，你聽的，畢竟不大一樣
再說出來，更不一樣

即便親眼所見
也別信以為真

畢竟，已經不是第一次
我才把酒倒進酒杯
就有人
看見我喝光了

2014.10.28

地球村

地球很小；地球村很大。
大得快要裝不下了。
有的人要往這邊走；有的要往那邊。
很多腳印。
所以殺了很多人。還要殺很多

才能明白，地球其實哪兒也不去，
它只是不停地轉。

地球很小；人很大。
大得快讓身子都裝不下了。
有的人信神；有的信鬼。
很多思想。
快讓腦子裝不下了。
所以殺了很多人。還要殺很多

有的人要權；有的要錢。
很多長指甲。
快讓指尖都裝不下了。
所以殺了很多人。還要殺很多

有的人要主義；有的要自由。
很多大旗。
快讓地球裝不下了。
所以殺了很多人。還要殺很多

還要殺更多

才能明白：地球，其實甚麼也不要，
只要生命，和人海中的一粒鹽：
善良。

但地球，快要裝不下了，
快要裝不下了

2014.10.28

幻燈機

過去，已如幻影紛紛過去
未來
仍如幻影紛紛未來

只有當下，此刻，清清楚楚
是一把
鋒利到透明的薄刀片

把你，一條
兩腳蛇般觸手可及的幻影
切成

一片片
始終遙不可及
望塵莫及追悔也莫及的

幻燈片

而幻燈機的燈，一直發光的那盞
始終在
幻燈機機身的

最裡面

2014.11.1

放聲歌唱

放聲歌唱哦，哥——
掰著指頭數得著的日子
如剪下的燈花掉落的指甲
不多
張開五指抓得住的情愛
如草間那張蛛網捕捉的露珠
不多
不多的大風把新樹枝都摧折
把老屋簷都吹破

放聲歌唱哦，姐——
夢裡夢外
站立的和奔跑的黑暗
不少
鏡裡鏡外
袖底或枕上停止或奔騰的哭泣

不少
不少的夕陽趕著蝙蝠和垂柳的影子
在時光的長鞭上奔跑

放聲歌唱哦，弟——
流水的臉上
一群多麼尖細的腳
活蹦亂跳的心
沾滿今夕的灰土去年的枯草
卷卷長髮
住不下今朝的風暴
頹頹禿頂
滑落往昔的鳥巢

放聲歌唱哦，妹——
天空之下高聳的懸崖
也豎起耳朵
等你喉嚨裡盤旋而出的長蛇
天空之下我的酒杯

也在等你的情歌把這一壺燒酒唱熱
等空氣狂舔你溪流婉轉的長舌
不等今夜
遠道而來的星光輕輕
睡在你淺淺的酒窩

2014.11.25

作家

她坐下來
開始寫，散文或小說

但其實沒甚麼好寫
就像這時

門外的秋天
濛濛開始下些下不來的雨

但其實沒甚麼好下
只是皮膚上

幽幽隱隱，有些遠來的涼意
約莫要風雲聚會

但其實沒甚麼風
也沒甚麼雲，好聚會

無非沒甚麼好寫
無非沒甚麼雨好下

也沒甚麼茶好喝

2014.11.26

我是

自己的囚徒；人世的囚徒；
人群也即牆壁尤其是消音壁的囚徒；
城市街道也即水泥長褲的囚徒；
家的也即樓層和樓價合謀舉高的鳥籠屋的囚徒；

夢也即霧的囚徒；肉體這座監獄的囚徒；
命運的虛線捆住的囚徒；路的囚徒；
空間三維度的囚徒；
時間這面從不移動地移動的透明膠布的囚徒；

鏡也即井的囚徒；窗口也即遠景的囚徒；
站地平線上往太空跳舞的囚徒；
最多竄屋頂上瞧瞧鴿群盤旋呼哨於天幕的囚徒；
生與死的狹縫夾住腳踝也夾住屁股的囚徒；

也即並不比遠方更遠的那幅懸崖頂上
一棵瘦小的小松樹般獨立的囚徒：
被自己的根鬚緊緊抓住的岩石所禁錮的囚徒；
被岩石縫裡稀疏的泥土反反覆覆放飛的囚徒——

放飛了胯下的內褲和身上的衣服；
幾乎就放飛了鬍鬚、頭髮和綠色頭蓋骨；
綠啊綠，放飛於蒼茫之墟的虛無，
等待一陣風與另一陣風之間騰空撲出的老虎；

2014.12.3

在路上

我身懷隱痛。
我落下的影子也身懷這隱痛。

影子拖行的長路拖拽這隱痛。
反覆來回轉換的車次轉載這隱痛。

車次翻越的群山起伏這隱痛。
車次橫跨的河流散播

這隱痛。樹枝懸掛而樹林收藏
這隱痛。覆蓋群山、河流和草地的天空

收攏這隱痛。遠方：透明的肉；
你發黑的身影是肉中站立的一枚針——

唯一的一枚，在銹蝕……

沒有甚麼能破解這命中的咒語，
除了那唯一施咒的嘴唇

的吻。我身懷這隱痛，肉裡發芽的
種子，生長的

刀尖。你穿行的身影
是肉中來回發亮的一枚針。

2014.12.7

思想

講臺上，談到思想時

教授不斷用食指點擊太陽穴
用更多的手指
拍打

明亮的額頭
光禿禿的天靈蓋

和圍繞著一圈稀疏頭髮──
就像邊遠的宇宙塵繼續圍繞著太陽
的

後腦勺

他所有的落髮都已變成思想
在頭皮放光——

那些還沒落的
也正在排隊，等著變成……

2014.12.8

在蘇州，雪落無聲

雪落無聲。因為你沒聽——
每一片雪
都是一隻因脫落
而失血而無從消融的小耳朵

風吹無影。因為你沒看——
每一絲風
在你臉上飄移而過
都鐫刻下無影無蹤無從退貨的一撇

雁行如剪，裁裁青天斷
白馬過隙，踩踩石橋爛
每一道結冰的河
都鎖住一片水的明淨與婀娜

彷彿鎖住透明，就鎖住了時間

但無從停歇的
是它上面來回奔走的那道光
譬如今天中午，我們走了很遠的路
來到平江路口

吃一頓新疆羊肉

這些羊，它們真的走了很遠的路
來原諒我們——
從大西北到俏江南
一直奔走不歇的那道光

2014.12.16

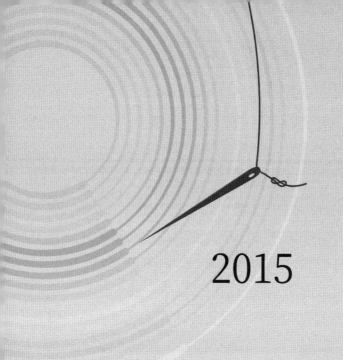

2015

記事：飲茶 [5]

連番惡寒之後，今天，冬日的陽光又一次轉暖，
適合陪孩子們出來陪他們的三舅公飲茶，
在又一村的又一城的又一棧，
又一次有眾多燈光如鑽石如一群惡狗的眼睛在
頭頂懸掛

並炫耀，比陽光更扎眼，比鈔票、花旦和
花花公子更花，
比我更想起很多年很多年以前
也曾和自己的舅公飲茶，
但如今瞇起雙眼也想不起他老成甚麼樣子啦，
反正跟掉下來的一縷燈光升起來的
一縷茶煙差不多吧

反正今天孩子們的小舅婆沒來，
她總是沒來，總在加拿大，總是即便在香港也不來，
大舅公和大舅婆也沒來，請也不來，

---

5 謹以紀念胡徐文惠女士（1919.1.23–2018.3.13）

即便在香港也不來，
何況早已飛過洛杉磯幫三孫子換尿布餵奶啦

反正今天孩子們的舅舅也沒來，
他當然沒來，上禮拜匆匆飛回波斯頓，
說非下一通狠手炒手下員工幾條魷魚不可，
不然這公司就再過十年再過二十年也沒法上市了

反正今天在座的有我和孩子，
和孩子的媽媽，和孩子的媽媽的媽媽，
和孩子的媽媽的媽媽的媽媽——
我是她女婿的女婿，都好幾年好幾年
沒坐在一起飲茶啦

可惜今天她女婿的女婿的準女婿也沒來，
他跟她女兒的女兒的大女兒手牽手到郊外的荒
山野嶺拍拖去了，
美其名為做些野外生態學實驗：春夏數蝌蚪，
秋冬數小溪裡的魚蝦，還有濕地候鳥、巴西龜
和眼鏡蛇

數數明年它們還剩多少能繼續存活，
存活在人類這種物種肆意製造的烏煙瘴氣的氣候下，
江河日下，希望繼續有陽光繼續照耀它們的盔甲，
反正今天還有陽光繼續照耀他和她，照耀他們
相吻的下巴

反正今天桌上這位孩子的媽媽的媽媽的媽媽，
都過了九十四啦，是孩子的小舅公推著她，
坐著輪椅坐地鐵，從將軍澳出九龍塘來吃烤鴨，
吃烤鴨時她總得眯起雙眼抿呀抿呀抿呀抿，抿她
皺巴巴無牙的下巴

吃烤鴨時總得有些燈光來自她頭頂上面那片假天花，
代替被堵在門外窗外屋頂外進不來的冬日陽光，
照透她越來越稀疏的越來越稀疏的
滿頭蓬鬆繼續蓬鬆的雪一樣明晃晃明晃晃
越來越透明的頭髮

白得跟歲月一樣斬釘截鐵寸步不讓分毫不差，
白得再沒一丁點黑一丁點灰再沒一絲一毫

雜質和雜念的殘渣，
白得每一根白髮都隱隱
跟一縷掉下來的燈光一縷升起來的茶煙親切對話

她說不知道現在幾點了這裡是哪裡
好像以前從來沒來過的呀，
她說不知道今天幾號了也不知道
到底是春是秋還是冬是夏，
她說剛才誰說哪裡哪裡甚麼山野郊外，
甚麼鳥呀烏龜呀，
還是蛇甚麼的豎起狗尾巴，聽著都嚇死人啦

還說哪裡哪裡的小溪會有手牽手拍拖的蝌蚪還是魚蝦，
笑死人啦，笑死人啦，呵呵呵呵哈哈哈

2015.1.17 12:35pm

今晚

你背對我面對空空窗口垂落垂垂長髮的樣子
很哲學。夜的樣子：很折疊——

我才拿起一首詩
準備要寫

你說：水，本來要把頭靠在岸的肩上
靠不住，就流走了

是呀，我們已把婚姻搬上 47 樓：
將軍澳，海悅豪園，小陽臺上晾曬的衣襪

已能高出
隔一道山坳的銀線灣那邊的浪花

今晚，壘到我們床底下的 46 層鋼筋水泥
原本是流沙

你說：流沙全都流走
只剩我們在天上，多好呀

天天晚上朝餐桌抓幾把星星一張月亮
就再用不著電梯送 pizza

是呀是呀，今晚：你回望的眼神很窗口
你舒緩的呼吸很蘭花

我們的新柚木地板很水晶蠟
我突然垂直落地的屁股：很西瓜

2015.3.17 即興

那年，在山中

窗外全是雪
壁爐裡全是火
屋裡全都是你和我

我們不顧危險
單憑視線
就把對方點燃

我們不顧危險
撲過去
撲呀撲
撲對方身上的火

我們撲呀撲
直到很累
直到再也撲不動
直到身上全是融化的雪

但我們不顧危險
反覆用視線把對方點燃
反覆撲
反覆融化身上的火

和雪。那年
在山中，我們反覆
不顧危險

2015.3.20

靜靜的小慧

外婆手拿藤條，白白軟軟的藤條
媽媽倒拿雞毛撣子

靜靜的小慧手拿鉛筆
趴到作業上——

身後，一左一右
兩座女金剛護法

真靜呀
剛才她們的責罵

和剛才之前的陣陣電子遊戲聲
都已飄出窗外去消失

家裡靜得能聽見針尖落地
靜得

能讓小慧聽見她們漸漸緩下來的呼吸
和依然急速的心聲

2015.4.8

醒來

一個清晨濕漉漉
正從窗外的雲霧和茶壺的清水裡
爬出來

但當浴水的茶葉尚未舒展
尚未張嘴呼喚

椅中人就尚未醒來

醒來
是胸中一把大鎖
在打開

是一列長途夜車
被舌面上遍地開花的味蕾
托著

轟隆隆駛出窗外

2015.4.9-11

深夜回家

一隻鬼魂在我身後跟著
不遠不近，跟著。我知道

無論她的腳步多麼輕，多麼無聲無息
我聽得見她的心跳

我猛一回頭，她就躲開，再不出來

我知道
我把她嚇著了

但一隻鬼魂仍在我身後跟著
不遠不近，跟著。我知道

2015.4.16

我又夢見
——紀念祖母林經群（1911.6.5–1978.7 中旬）

我又夢見
死去多年的祖母

乳房瘦巴巴垂掛的祖母
把我摟進肉裡

指給我看
她裡面的一道道風景

祖母瘦過了秋天
鴨姆河兩岸的秋草

瘦過我骨頭上刮行的那把
黑耀石刻刀

瘦得連河水
都露出河床底下的石頭

2015.4.16

反對派

我反對電視機
成為我們家的家庭成員

我反對電視機
天天準時成為我們家的核心
家庭成員

我反對電視機
高過腦袋

我反對電視機
擺在家中唯一的大廳主牆的中心位置

我反對唯一
所以反對中心

所以首先反對位置

我曾經仰望一堵堵主牆中心位置上方的
領袖像

我也曾經朵朵葵花向太陽
直到發現膝蓋：原來並不種在地上

如今

我反對佔據主牆中心位置的電視機
日復一日

進化成
早已進化出兩隻眼睛的人類
唯一的視覺通道

我不反對窗，也不
反對牆

但骨灰般反對
透過一部電視機來看透一堵牆

2015.4.27

後來

我從小就討厭我爸；
也討厭我媽。

他們從小就打我；
罵我。

但這些，都不妨礙我
對他們的敬；和愛；和怕。

也不妨礙他們
愛我。

不妨礙他們白天給我夾雞蛋；
深夜給我拉被子。

這些事，以及還有好些別的事，
是我當時從不知道的；

是我後來也不知道的；
是我後來的後來才發現的——

不是我後來想像出來
才發現的；

是我後來也當了爹也做了同樣的事
才想像得出來

才發現的。

是的，我從小就討厭我爸；
也討厭我媽。

這些事，以及還有好些別的事，
是他們當時從不知道的；

他們現在也還不知道。

2015.5.8

鐘鳴鼎食

吃飯的時候我們盡量
放點音樂，放比較古典的那種

工資捉襟見肘的時候我們盡量
把飯菜咀嚼得有聲有色

沒有鮑魚龍蝦的時候──這種時候比較多
除非夢中──

我們盡量把明天
想像得比檸檬汁裡沒有出現的生蠔更有質感

更可以在這四十平米不到的
港式高空吊腳樓豪宅裡豪上一把

再豪一把──

喝光啤酒之後我們繼續
放音樂

放憋著嗓子嚎出來的那種
音

2015.5.18

園林

不順著老闆的視線攀爬的枝條

尤其是長得又快又直的
特別是那些性子甚至僅僅是樣子
顯得耿直的
朝陽的
風吹不歪的
雨打不倒的
教不懂低頭的
學不會搖尾巴的
特別是
無論怎麼學
身上顏色
總也跟周圍的矮樹叢們不一致的

轉眼就會被優先剪掉

剪掉

減掉

撿掉

現在是秋天

到處都是秋風

到處都是秋風中翻飛的剪刀

而秋風之外

之上

是一把更高懸也更鏽黃的

剪刀

2015.9.23

有必要讓你的音響一直響著嗎？

您說的大概是音樂吧，先生？

是的，
我感覺不到這種必要。

真的。

我只是慣了讓它一直開著，
就任由它開著。

就像感覺不到血；或者必要。

只是慣了它在裡面
不知不覺地流，

就任它流。

2015.10.6

不得已的事兒

喝茶是不得已的事兒
就像一些人
抽煙是不得已的事兒
而另一些人喝酒，或遛狗
是不得已的事兒

我喝茶的時候一般都面對窗口
巨大的吞下整座天空的玻璃
吞下我的額頭
面對窗口：
不得已的事兒

我喝茶一般都是一個人：
不得已的事兒
我喝茶一般都用兩隻杯子：
不得已的事兒——

一杯給自己
一杯給遠方趕來穿窗而入的遊魂：
不得已的事兒

穿窗而入：
不得已的事兒
當然，替他們做一會兒舌頭
也是不得已的事兒

秋天過後
他們紛紛轉入地下

2015.10.23

蘇小小墓

小小，我來晚了——都怪我媽——
如今鄉關渺渺，太虛茫茫，你已香車何處？
滿西湖的是水
滿西湖遊走而消失的是腳步

修了又毀、毀了又修回的
已不能是你的身子
他們一直多麼恨又多麼愛你——
每個人心中都裂帛有聲

托名的墓
已不堪放聲一哭
只有你剝落的面容
還年年落花，穿透千古

文人們題詩作對於墓碑和庭柱
風光在眉俗在骨
彷彿嘴裡的穢物吐不上誰的裙裾
便要吐近你烏有的棺木——

何其晚而無補！
而你身上的泥土何其善於庇護
而你在泥裡
何其善於守住懷中那塊玉

只有善於在你裙邊
蛺蝶般遊來走去的當年那群紈綺
才堪稱一代雅士哦，小小！
他們在你一個個日子的空檔裡練習填空

而後來的書生
只會讓你更加形單影隻，並消瘦——
一棵棵泡不透的酸菜
慣於瘦指翻書，善於和你隔一層紙

小小，我來晚了──都怪我媽──
如今鄉關渺渺，太虛茫茫，你已身寄何處？
滿眼來去的都是俗物
滿湖堤站不住腳的是柳樹

小小，人間已無故土
只有雲漫天，霧漫堤，水漫湖，風滿樹
只有我──他們都不算──
今日來為你一聲長吟當哭，穿透千古

叫醒西湖裡的魚──

哦，一座西湖多少魚
還在你眼波裡擠著等著湧流而出？
小小，除了月光還在水裡透明
這世上已沒甚麼男人的簫聲值得你夜夜起來走路

2015.11.11

訪京，滯留機場憶友
——忽憶蔣洪新贈湖南黑茶

年前你送我的老茶
比老朋友還老的那種
我已全部喝完
一包不剩
一滴也不剩
沒有一滴不喉韻悠長
沒有一滴不令人要站起來張望遠方
沒有一滴不令天邊所有的雲
此刻，都聚到窗前
要變成水

當年談茶
你輕輕一張嘴
就哈出北京今夜這一場大雪
令我在機場
令機場所有人
令整個不長茶樹的北國

都白羽加身
舉翼難飛

當一場記憶
在我裡面也大雪紛紛
停機坪外面一直停立的飛機
候機室裡一直停立然後走動然後又停立的旅人
以及我面前咖啡座裡那些座椅
他們腳下
紛紛開始長根

一些紛紛在你裏面長根的人
無論多遠，或多麼久遠
一旦想起他們
你眼前的路，無論多麼寬廣，如天空
或平坦，如機場跑道
都需要放慢下來走
而被他們想起
就會打噴嚏[6]

2015.11.20-23 候機一晝夜

6　有一個民間說法，打噴嚏是遭人在背後說閒話，或讓人記掛。

現代人

昨晚沒睡好
今天早飯沒吃飽，但依然
發胖，依然

從一位天天打照面的同事的臉色
眼神和身影裡
看見來去的鬼魂，那些

標準的現代人——
世上依然沒有救世主
有一群依然找不著主子的家奴

這群空洞的骷髏
依然時不時要從廁所的牆鏡裡
跳出來，和我打個照面

我說，你笑呀笑呀笑呀
牆鏡突然
就回復了平和透明

但從不恢復尊嚴、新
和善良的嫩
打工仔，臉上誰沒有真的皺紋？

洗潔精已是廣譜護膚品
尚未破碎的玻璃已日夜想著割人
老闆們依然犬齒含笑

我說，你笑呀笑呀笑呀
它說不敢不敢
一笑就碎

而不僅僅是老

2015.12.9

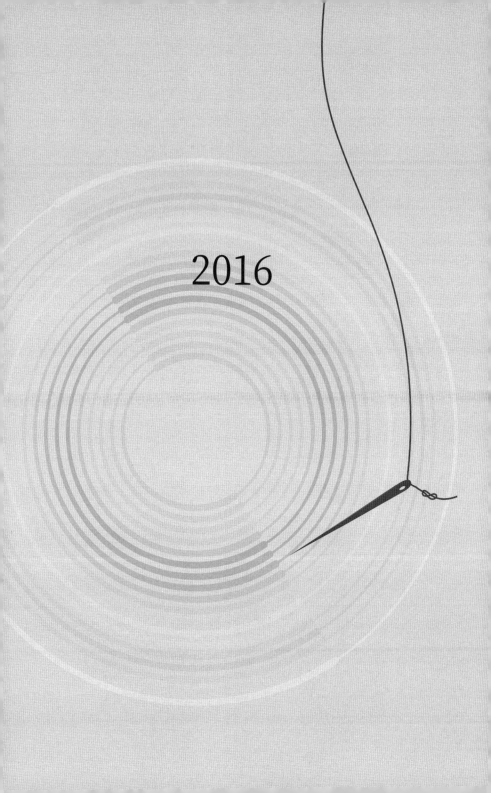

2016

我們經常不是站著就是坐著
　　——給潘新安

黑暗中我們點燈
現實中我們做夢

照亮水的是鹽
照亮緘默的是語言

但照亮一根舌頭的不是苦
或甜

是另一根舌尖上吐出的冷
或暖

我們經常不是站著
就是坐著

我們更經常的
是距離著

空氣中
火焰距離著火焰

2016.2.12

池水
　　——給胡加平

池水很渾。總是很渾
恰如這世間

所以，我們打坐
讓它清下來

好在水面接住自己的面目
在水底透見前生

但這世間，總是風雨
這池水，總是渾

但只要清過
再渾的水，裡面也是清的

甚至沒清過的水
裡面也是

原本就是。依然還是。總是
清，藏於渾

就像這個春日，幾年歸來一次
也本在，也無改

它的清潤

2016.2.29

你不知道你的植物多麼想你

原來，放假外出旅行時
你的植物也如此想你；你，毫無察覺。

想念，總在不知不覺之間發生；
就像落髮、死亡和愛，總在毫無防備時降臨。

它們如此想你，
想得葉子都掉光了。

比狗忠誠；
比火烈。

你回來時，它們把葉子
全都掉光了也還在掉給你看；

而在鄰家寄養的狗毫髮無損，
遠遠就跑來向你搖它全身的毛，

搖那條
搖不下落葉的長尾巴。

情人哪，時至今日，
只要想你，

我頭頂以至全身都還在落葉；
你，毫無察覺。

2016.3.4

老去

我已能不再寫詩：
心中多有財富，腦海漸少波浪，
身上更無多少光芒可與他人分享，
雖然心腦血管裡的血
依然溫熱，哦不，滾燙！

但這，並不足以重燃往日的時光；
花在飄，人在老，身在小，
腦殼在變得更小：這顆
裝納過一個大千世界的胡桃
在騰空內臟；

往日的衣服和周圍的時空，
在變得寬大，不再合身；
越穿越大的宇宙，和自由
擺在面前，擺在皮膚外面：這位
我從未征服過的胖女人，在開始歌唱；

但這些，都無礙我再泡一壺新茶，
或重煮昨日那杯咖啡，
無礙我對水的癡迷，糖的熱愛，
即便糖尿已達三加，也要
再加一包，再加一包：蔗節裡結晶的陽光；

缺失甜美的日子等於零；
缺失愛的生命是負數；
孩子呀，撒我的骨灰也一定要加好糖和善良！
我來得及和來不及寫下的詩，
都要一併交給火光：

去讀吧──
新火總使舊灰溫暖

2016.4.19 穀雨

將上床

四天下不停的雨，三夜睡不成的覺：
幾隻牛蛙，在窗邊的沙井
也即我突然增生的耳洞裡，徹夜叫喚
早已不能余光中，朝它們頭上澆開水
它們頭上，法律撐著一把大傘——

昂昂昂！昂昂昂！昂昂昂！

輾轉反側，熬到第四個凌晨
開始身發飄，舌發苦，心發甜
每根頭髮都想申請移民到一個新的星球
作為翻譯及語言學系的一員
倍感責任重大：總得有人把這蛙語譯成人言——

昂昂昂！昂昂昂！昂昂昂！

用我最擅長的語音機器翻譯神經輔助器
把這
零輔音單音節呼叫型兩棲類動物原語
即時傳譯成中文，譯來譯去
原來就一句：最肺腑的一句——

將上床！將上床！將上床！

這裡，將是古語，請的意思
譬如李白的名篇〈將進酒〉
在中國，在清明時節，但凡叫喊
到此境地，都事關生死：
天地交合成黑夜，魂魄離散成白天——

將上床！將上床！將上床！

當地中海的波濤吞沒一群群難民的眼神和身影
當一個孩子在夢中繼續潔白的臉蛋
擱淺在無浪不回頭的沙灘

當敘利亞：一塊活人的土地
在地球村牌的絞肉機裡烽煙四起，血肉模糊——

將上床！將上床！將上床！

飛機在天上忙於輪番投射導彈
坦克和戰車在沙漠上忙於來去飛揚塵土
黑紗蒙面人在電視裡忙於示範：
如何用匕首
從人質的脖子上摘下椰果——

將上床！將上床！將上床！

電視外的幾隻牛蛙，在我窗邊的沙井
也即春天的耳洞裡
忙於叫春，授精，和產卵：
它們對性伴侶的呼喚衝破風雨
告訴失眠的路燈和偶爾醒來的閃電——

昂昂昂！昂昂昂！昂昂昂！

它們的性高潮，一次次高出
山邊風雨中攀升復又攀升的樹巔
它們的幸福指數
高出地球：
高出總統掌中的地球儀——

2016.4.25 午夜 -5.2

端午

圈裡圈外，近日好多帖子如蝙蝠，在飛：
不能互祝端午節快樂
因為——

那是一個祭祀亡靈的日子

那麼，今天，請讓我舉起手裡的粽子
對亡靈們說：端午節快樂！
然後——

把粽子送進代表他們的嘴

你的周圍，是紛紛降臨的亡靈，在飛：
在排隊，在等著
進入你——

不要以為看不見就甚麼都沒有

2016.6.9

在望不見海處望海

水，為遼闊而洶湧，起舞
以深沉墊住起伏
誰，在隔岸因嶙峋
而孤獨？

鹽粒在波光上來回奔跑
風暴，陣復一陣的哈哈大笑
誰，在沿你的肝經
踽踽獨行？

太陽君臨正午，熱風撕開皮膚
而風，真理一樣靜默，匍伏
誰，還在遠方
被遠隱去？

心種火，身生熱，且與溽暑同舟
唯有偏瘦的人，影子會飛
唯有天花裂下光
找你的額頭

且開鏽窗待山月
今夜
或有三五山鬼踏清風
披葉來投

2016.6-7

齊奧塞斯庫 [7]

人民，主要是窮人
窮怕了的人，一滴一滴太瘦的水
當你

為他們去死，去打江山謀利益
讓人人都有吃穿
終於有了吃穿他們無限感激你
愛你

把你抬上主席臺
那個加冕新一代無冕帝皇的地方
恭敬聽你演講
整齊劃一如一排排機器
熱烈鼓掌，一致舉手
而私下

---

7 羅馬尼亞共產黨總書記和社會主義共和國總統，1989 年底被推翻
並遭處決。

終因年復一年不夠富裕，尤其頭上
大如烏雲仍越來越大的枷鎖
而漸漸恨你
當初

對你的愛，一夜之間
化成穿過你胸膛的四十八個彈孔
這是多少恨
才填得滿的彈孔呀
當年

魔王希特勒身上也沒這麼多
堵機槍眼的英雄身上也沒這麼多
當你

給人民好處
人民就給你面子，堂而皇之
當你

越來越肥卻沒啥油水可榨或可撈
人民就起來恨你，吃你
群狼分屍
如今

那些爭取自由也得到了
自由但骨髓
終究又讓有錢人慢慢榨幹的人民
依舊還是人民，依舊是
一滴一滴太瘦的水
但已經

再沒機會坐進人民宮
整齊恭敬劃一如一排排機器聽你演講
再沒機會熱烈鼓掌，一致舉手
有的

只是舔著舌頭回首當年
懷想你的好，懷想
社會主義光著屁股的幸福美好時光

245

一如太早打胎打掉的孩子
愛與恨

一莛莛用舊的貨物，棄之如敝屨
而人民，不管哪個朝代
模樣都一樣，無非窮怕了的人
一滴一滴太瘦的水
心思也一樣
無非

想搖身變成有錢人，或有權人
比富人更富的人
比有權人更有權的人
無非

夜夜搖身，要個盼頭，既然
反正都沒有盼頭不如改變一下
不管怎樣改
不管踏過誰的屍首
譬如你的，或隨便甚麼人的

或許

總有個希望
或許總比一成不變的好
當然

得先拉倒你一個個吃人魔怪般的雕像
也即他們之前用雙手樹起的自己
得先分你的屍，扒你的皮
解解心頭恨
當初跟你鬧革命不怕掉腦袋
為的無非也是
解解心頭恨
但是

即便實現了共產主義也不可能
人人都是富人，也不可能
人人心中只有愛沒有恨
而人民

一滴一滴太瘦的水
要的恰恰是這個，解解恨
沒吃穿時要吃穿
有吃穿時要財富
要變身富人
要變身為比富人更富的富人
比有權人更有權的人
還要

解解恨，即便恨的未必就是你
但總得找個地方
把這泡憋得太久的尿撒出去
而人民

所以依舊是人民
主要是窮，窮怕了
如一滴一滴太瘦的水
裡面的恨都透明，都折射陽光
如冬天懸掛的
冰凌

一天天夢想著
變身為富人，變身為比別人更富的富人
比別人更有權的有權人
這是你

做夢也沒想到的
你一直以為更多的雕像、標語和報紙
早晚能把他們的腦子
洗得夠白
就像

那四十八個彈孔裡
流盡了血之後袒露的脂肪一樣
白

2016.7.18

陳寅恪

> 題記:「惟此獨立之精神,自由之思想,歷千
> 萬祀,與天壤而同久,共三光而永光。」

我不認識他。
不認識他名字裡最後那個漢字。
我只認得那偏旁部首,
燒成灰也認得。

但近年,老聽到、看到他,
一張鬼魂般模糊的臉,
老有幾位朋友把這名字、這臉,
貼自己臉上。

就像更早幾年,另外幾位朋友,
老把切‧格瓦拉的頭

戴自己頭上，
穿身上，貼在胸口或背後。

搞得我幾乎認不得他們。
幾乎認不得。
但每次見面，我都說喝酒喝酒；
意思是抽煙抽煙。

我伸出，即舉起，空空的手，
為他們打火，
並點煙。
並窩掌護好那無火之焰。

2016.8.6

已不能和一顆裂牙白頭偕老

牙醫對我宣讀他的教科書和判決書——
「牙裂無法修補」

恍如婚姻，裂縫無法修補——
「只能拔除」

「給你幾天考慮考慮」
考慮甚麼？時間這道哲學命題？

拔牙是為了拔除一顆痛苦
離婚，是拔除兩顆

不到不得不，你是不會拔的——
且由它爛

人世婚姻如爛牙
反反覆覆，修修補補

不似這顆疼痛
直把一座黑夜裂成兩匹白布

2016.8.19

我有一所明媚的花園

其實我沒有。
但是有風在那裡打滾，滾過空中
滾過起伏的草葉、樹葉、花瓣和人臉
滾過大笑的、已笑的和將笑的
也滾過不笑的

還有蜜蜂，三三五五，並不成群——
它們不屑於成群——在繁忙的枝頭歌唱繁忙
無論陰天晴天都是大好時光
有勞動就有歌唱，甚麼烏雲也堵不住
這些喉嚨和翅膀的高亢

更有陽光，在空氣中擰繩子
擰開，擰直，擰散
擰入泥土，擰出我們心中
和這片土地
最深處的甘甜、苦與芬芳

是的，我沒有一所明媚的花園——
其實也有。你也有
其實憂鬱到失落嘴巴的詩人
和窮人
也更願意歌唱

2016.9.22-23

老兵

連一個個兒女
樣子也長得兵荒馬亂
各不相像──
孤島,是海峽這把割肉刀
割出的肉,割離故土
和父母

除了瞭望大海
他孤島般寡言少語
臨了,才把大兒子叫到病床邊
單獨吩咐後事:
沒啥說了,也沒啥好留下
骨灰裡該有幾枚彈片
可惜不賣錢

好在你們都熬過來了
成家有吃穿了

你當哥的，長兄如父
還要像從前，看好弟妹們
甚麼都多讓著點

日後呀，想想
你還是該叫他們認祖歸宗
跟回親爹姓
別讓娘知道是爹叫的
這幾十年
她一直防我傷心呢

看好娘
銀行那點錢，都聽她的
看好弟妹們
吃穿用度
能多讓著點就多讓著點
你一直這樣的
你比他們大，能吃苦，有擔當

兒孫莫要再去當兵吃糧
打仗是絞肉機
只有絞進去沒有絞出來的
你爹骨頭裡有彈片
身上沒窟窿，命沒丟，太幸運
有兒有女，還活過了九十，是福分
上蒼有眼，不殺人就有福分

日後，不管日子多難
要自己一家子完完整整在一起
千萬別把妻兒
托付給生死之交照顧
跟你同生共死過的
也會跟你老婆同生共死
生孩子

你爹命沒丟，沒家破人亡
夠運氣，知足
不怨誰，不怨誰
不管誰的種

都是自己親生親養
這麼多年，都是你的親弟妹
都是自家骨肉，骨頭
跟彈片，在一起，一家人
在一起，以後也是
你要看顧好，看顧好，知道嗎？

至於你爹
骨灰裡那些彈片，還是要撿出來
還是要撿出來
在裡面折磨了一輩子
不要再折磨下一輩子

2016.11.28

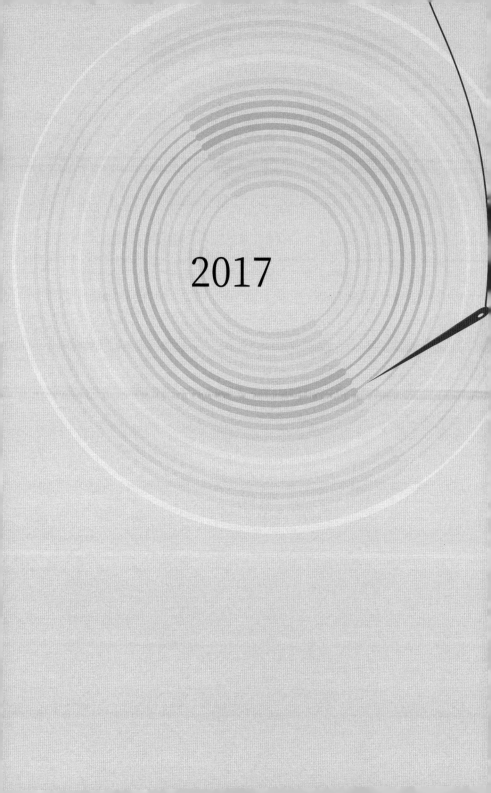
2017

歲月咬人
──祭別祥子

虛空中，那條鯊魚張開無形大嘴；
無聲的咀嚼，如召喚；
我們聽不見。

只有落髮們聽見，前赴後繼；
皮屑們也聽見，遠隨流水；
「一天天洗著衣服，一年年損了皮膚」；
我們聽不見。

那些遠逝的古人，故人，
新人，親人和情人，當初也聽不見；
如今，他們盡在虛空中
張開無形大嘴，向我們呼喊；

我們聽不見。
我們聽不見。

但輕輕閉眼，多少吹風
多少吹風就吹透你浮沙捏成的臉；
把樹葉和眉毛都吹落；
把雲和皮膚都吹散。

歲月咬人，
輕得好像不曾咬過；
輕得好像你還在遠方觸手可及的空氣裡
等我──

2017.6-7

蘋果

人參果的孩子般紅潤
或青澀的
臉，

露在光中，空氣中，秒針那匹白馬的蹄聲中
沒人吃，
就

慢
慢
腐爛。

2017.7.7

花事

開來等你。
等你不來就繼續開。

繼續開也等你不來
就慢慢開。

慢慢開也等你不來就
開到開無可開。

開到開無可開也等你不來就落。
落也等你不來就慢慢落。

繼續落。
落到落無不落

就飛。

飛也等你不來就慢慢飛
繼續飛。

飛到飛無可飛
就融化。

融化也等你不來就慢慢融化。
繼續融化。

化到化無可化
就等下一年：又開；

又落；又飛；又融化；

2017.10.12 10am

辦公室

林下飲茶已不可能。

所以在窗臺養幾株植物，
代表夢想開花——
開小花。

但它們更熱衷於死亡，
而不是生長。

其實林下飲茶
未必是件太美好的事。

那裡肯定有很多蚊，蠅，蠓，虻，蜱，虱等等
在等著飛來或跳出來咬你。
肯定。

也許有些陽光。
和自然風。

但這些
都已不適於人類生存。

就像我辦公室的窗臺，
已不適於植物；

或
動物。

2017.10.18

2018

立春

請站定！
即便在凜冽寒流中——

請踩住！
且把腳掌當釘鞋，踩住

地殼深處
那團綠色炸藥

還有一團團
紅橙黃粉紫的各色少女——

她們在泥土的厚被底下
準備著身子

在等

那根繫在寒風的長尾巴上
火星四射的引信

2018.2.4

夏未端午
──悼劉以鬯先生

昨晚，你筆尖吐落的無數文字
紛紛走出長街，列隊，為你身後的一陣清風送行
遠行的班次，永逝的人，這擁擠的都市
已再無汽笛可以為之長鳴
維港渡輪的螺旋槳，因無月而空等

今早，有無數的行人和鬼神
再次回頭問你名字的讀音
百年時光把你的白髮漂洗得太白
只有你用指甲從白夜摳出的黑，從黑夜
摳出的白，足以代你留駐人間

越來越多的觀眾，越來越少的讀者
他們慣拿手機或報紙流覽新聞
熱衷於即食麵、快餐、賀歲片和豬耳繩

而你只求用盡一生使一個生僻字流行，生出根
在他們內心隱秘而廣大的暗室深處

你鬆不開那條搖打鐘錘的繩
你只求用盡一生，在稿紙的方格
如在舊市區的街道，撒播更多黑葡萄籽兒
好叫路人聞見裡面的酒
你只求用盡一生做一個熱愛熱蔗的人

今春少雨，人心比大地更乾旱
香港的樓頂再高，也長不出青草或白雲
南山村後面已滿山水泥，快將無樹無林可看
彌敦道上，那群跑慣尖沙咀海運大廈
迎你過海來吃晚飯的老榕樹

也已翎羽凋零殆盡，不再想像飛行
你不再吹拂的呼吸讓旺角和北角都頓時荒涼
太陽播下的火，燒穿臭氧層的洞
又鞭打西灣河的街道，一直打過銅鑼灣和金鐘
滿街白花花的熱，滿城護膚品的切膚之痛

淘洗心情也掏空心靈的是酒
架高城市更架空人民的是高樓
香港已經繁華過天庭
樓價已高過天空
夏末端午,你把滿頭銀髮出讓給長風

一千字的稿費已換不回三十碗雲吞
多少賭仔債仔粉友跳樓客在等一個打錯的電話
來救贖巴士站上即將被巴士撞死的人
這喧囂的地球已是一架無人駕駛的無軌電車
但從筲箕灣到西港城再到上環西環的有軌電車

依然是你醉心的乘坐,最後的書寫
但今夜,夏末端午,你最後放飛的意識流
已飛越摩星嶺和大嶼山的鳳凰頂,一路西行⋯⋯
多少摩天大廈和霓虹燈
跌落到維港水面,徹夜拿大頂

多少人臉在玻璃鏡中日日對倒,變形
要與靈魂隔空相認

當你一路西行，一路西行
你高懸的眼睛依然照臨獅子山下的夜空
一輪明月，勝卻多少繁星

2018.6.10-11

詩齡

我並不是
一出生就開始寫詩

是開始寫詩
才出生

2018.11.9　3:27am

天堂鎮

去年，地獄谷一場大火
沒把地獄谷燒成地獄
今年，天堂鎮一場更大的大火
終於把天堂鎮燒成天堂——
連灰燼都乾乾淨淨。

但地獄還是那個地獄
天堂還是那個天堂
人間還是那個人間——
無權不濫，無商不奸，無人不貪
熱衷於投票，刷臉，並欠錢

人民，無論怎樣叫嚷民主，或解放，始終是
一群給有錢人賺更多錢的牛
一群餵養著老闆來養自己的豬
一群等著主人
扔下一根叫做工資的瘦骨頭的狗

好叼著上銀行，去供按揭——
一根更難啃但也不得不啃的硬骨頭

一家子，終於做成一家
有瓦遮頭
有骨頭可啃
也有電視廣告可看
更有電視新聞可以洗腦的幸福豬，牛，或狗

但誰這樣說就是歧視動物
誰敢這樣說我我就跟他死過

2018.11.23

仰慕天才

很是見過幾位天才詩人的才華
天馬踢踏，口吐蓮花
行雲是女修辭褪下的睡衣
流水是男意義奔跑時跑掉的透明褲子

而路邊含羞草一直含著根的淺和遠方的遠

我也寫詩。笨得像太大的大地上
一棵不會奔跑的老樹
無論如何搖擺，都無法起飛
把所有葉子都落盡也不能

這些落葉只會下落

我的腳底也只會探出一個根系
如一捆燈絲

如一盞黑燈罩下面一捆雷電蔓生的電弧
探向泥土這個大黑箱底下更深的黑

但我心裡，一直想著起飛

身上，更沒有一片新長的葉子
不為此反覆準備

2018.11.30 凌晨，香港—蘇黎世機上

2019

密碼

終於記住了一個密碼
但已想不起

到底是用來幹嘛的

2019.1.3

戲答「機器人為甚麼要寫作？」

1

機器人不為甚麼就寫作
並且已經寫

就像人類
不為甚麼就活著

2

但總有太多人
總以為自己在為甚麼活著

一輩子在找這個甚麼
而忘了活，甚至要所有那些

不為這個甚麼活著的人
也這麼活；

不然就要他們
死。

3

機器人正在替人類寫作，
因為越來越多人

像機器一樣活著——

兩件
久已發生並且正在發生也將繼續發生的

事。

4

機器人為甚麼不寫作？

5

人的體能早已不如機器。
人的智能很快也將不如機器人。

機器人為甚麼不寫作？

6

別害怕，機器人
不會消滅人類的。因為他們

也需要
寵物。

2019.2.21

久不上南山

很久沒上南山了
久得讓窗口都成了它的相框

久得讓上山的路口
永遠停在門前五十米開外張望

久得讓山頂
那顆兩丈見方的鵝卵巨石

眼看要滾下來
找我

久得讓春天
腳下和山腳下所有的花朵

都朝著山頂
轟然怒放

2019.2.21

持素之後

持素之後我又重新吃肉
我把每一塊肉都好好吃完

它們也來自生命

2004-2019.3.1

黑洞

連光都無法逃逸；連思想
都坍塌。

一旦進入，你將不復存在——

你將成為更大的
一個存在的

更小的
一部

分。

你本來就是。
黑洞也是。

不能不是。

2019.4.13

殘荷

溽暑已隨蒸汗過
天剩白雲，水剩清波
秋天，舉著無數薄無鋒刃的刀片
秋風，把它們越吹越薄

樹枝高處的枯葉漸漸變得話多
但秋蟬拒不唱秋歌
它們的下一代，也只忠於
下一個夏天的熱

荷池水面上的每一株殘荷
都是一位瘦得只剩一道枯影的書生——
那都是窮的，窮得只剩
堅持最後的自我

即便最後再也堅持不住了
也不肯以同一個樣子
或向同一個方向
枯折

2019.8.26

週六早晨經過城大游泳池

據說是整個香港學界最棒的標準池：
映著藍天白雲的
水，澄澈得像上帝的呼吸

澄澈得讓白雲都變成游過的魚

澄澈得讓路過的人
想從六樓露天走廊的圍欄上
跳下去——

哦不，跳上，去！

游泳久了，就會進化成魚嗎？
當然不會：你必須
在水裡
覓食

很久很久才行

揮一揮衣袖
不帶走水上一片雲彩
我帶著眉梢上
大好週六早晨的明媚陽光

潛回辦公室：
努力呼吸，並碼字。

2019.8.31

早逝詩人
——紀念 M

謊言的軍隊，比長城更長
紙張，隨你的目光起飛，是多少鋒利的刀片？

但昨夜，人間驟冷，一顆星星收起了光芒
你是否已到達太陽鮮活的地方？

無論在詩神、死神還是暴君面前
你張開的喉嚨都爆一枚驚雷：

解放！

放任已久的思想，和你的頭髮
已糾纏得太長，人間有太多

刷不直的瀑布
任狂風驟雨也無法梳理

天風啊，今夜，請吹拂——
你是否已到達朝霞鮮活的地方？

無論在詩神、死神還是暴君面前
你張開的喉嚨都吐一枚驚雷：

自由！

你頷下的鬍鬚已太繚繞
東方，五千年老樹的根系已太過拖泥帶水

而故鄉的井
一直堅持它的純淨與甜美

江河啊，今夜，請奔騰，有去無回——
你是否已到達流水鮮活的地方？

無論在詩神、死神還是暴君面前
你張開的喉嚨都含一枚驚雷：

祖國！

2018.12.19; 2019.10.18

詩與革命

詩與革命是相通的病；都基於激情。但詩革命是詩；
革命詩不是：它只革詩的命——總是不革命的詩，
自命為詩。

詩是關於自由的；革命也是。有的人自由，是讓別
人更自由；有的人自由，是讓別人不自由：不是魚死，
就是網破。

詩是關於夢想的；革命也是。有的夢想成真；有的
革命破滅：睜著眼睛就做的夢，比月光下的白紙和
鬼魂的臉色更白。

詩是關於生活的；革命也是。有的人活著，是讓人活；
有的人活著，是讓人不活：不是你死，就是我活。

詩更是關於生命的；革命也是。但有的詩有生命；

有的革命沒有。多少革命只殺人，必殺人，專殺反革命；殺到好像但凡被殺就是反革命，而找他們來殺就已是革命：說你是你就是，說你不是你就不是。人多勢眾，舉手表決；人少勢寡，舉槍表決。

詩沒有革命不是詩；革命沒有詩還是革命。詩革命是真革命；革命詩是假詩。如果你說你是革命就是革命，不如說我說是詩就是詩。

革命詩是抱薪救火，引火自焚；詩革命是鳳凰涅槃，浴火重生。相通的病，不相同的命：有的激情，是點燃頭髮照耀別人如一根香煙找到了肺；有的抒情，是一粒奔走的鹽找到了水。

2019.12.10 3:30am

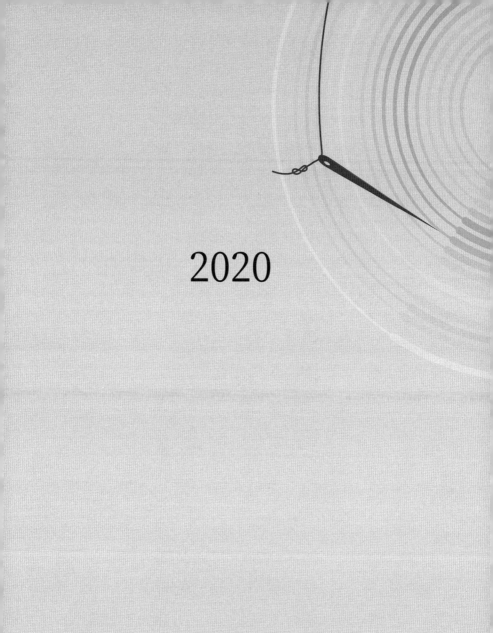

2020

散尾葵
——給 L

1

失聯了好幾年，哦不，十好幾年
因為詩，昨天微信又聯上了

我說多年沒見，以後多多聯繫哦
她說，我們好像就沒見過

宛轉得「好像」風中一記拂塵

2

我說，見過的，在哪哪哪，和誰誰誰
還帶我們去看你的畫哩

她說，從沒有主動給人看畫的習慣
也沒辦過畫展，怎麼可能

意思相當肯定
有人把記憶晶片插錯了腦溝

3

詩人說，每一陣詞語掠過天空
地面，都落下彈坑

在這之前，每見她的名字
我都一直肯定：以前是見過的

在這之後，就不大肯定了

5

語言，專門轟炸思維的蛇群
河流慣於拐彎

時間，善於塗抹記憶現實裡的
牆壁和人臉

風，熱衷於刮落
街頭畫裡凸起的鼻子

6

在這之前，以及之後
其實，我都一直不大肯定自己

是不是自己

不大肯定鏡子
是不是一方任由眼睛打水的井

7

她真的畫畫嗎？

約翰・納什常問身邊的學生：
我面前，是不是真的站著一個跟我說話的人？

我經常提醒面前跟我說話的學生
千萬不要也不必問我

記不記得你的名字
或年級

我甚至記不得我自己
母親的生日

8

我父親也記不得

中風前他列了一大家子長長的生日包括時辰
字跡清晰而有力

如今，他仍可張嘴念念有詞
但已讀不出任何一個字

9

記憶，叮過人的蚊子
總在你身邊觸手可及的暗層裡

好像隨時都會飛出來的樣子
但總是不飛

而每一陣詞語掠過一個人腦門
月亮的臉

都被一批新來的隕石
重新發現

10

今天午飯後，和幾位同事一起
手捧咖啡，到側樓樓頂的人工花園曬曬太陽

直到他們一個接一個陸續走光
我也不大肯定自己

是不是真的在一排缸栽散尾葵的樹蔭下
斑駁過一陣子

11

無論加多少糖
咖啡都總是讓我微微顫抖並胃痛

痛到不痛，或從醫院回來
又總是再喝

微微顫抖讓手存在
痛讓胃

12

散尾葵，散尾葵
是誰把你搬上這樓頂等待明年的雨水？

當一排記憶置入不幸錯位
再猛的陽光也不是證人

散尾葵，散尾葵
你和咖啡汽水都各有各的香味

但都和我一樣，一起
任那風吹

2020.1.3

政治立場

我不信自由也不信民主。

更不信極權專制。

前兩者太假。

後者太真。

我不喜歡，也不信。

更不信那些信的人真信。

最多自以為信。

屁股決定腦袋。

立場決定觀點。

立足點決定眼睛。

這個世界最大的問題不是戰爭。

是傳媒都是洗腦機器。

是自媒體甚至連腳都不會洗。

是每個人都認定自己是無上正等正覺。

正確得像宇宙中心的硬核。

然後投票自嗨。

自嗨是人生的全部。

在病毒面前自嗨不了是局部。

群體免疫，

讓人民科學地死，

是最理想的防疫策略。

人民沒有策略。

人民沒有財富也沒有道路。

我沒有理想。

也沒有主義。

更沒有多少自由。

起碼不能舉著手臂就飛。

但閉上眼睛就可以。

所以我最多只想也只能

做一個

自由到不再需要自由的人。

2020.3.18

你才是骷髏

每逢劫難
人類社會都出現奇觀
此次疫情亦然

我說的不是火葬場
焚化不完的屍體
——我們都站他們後面排著隊呢——
我說的是

在西方世界
你沒有戴口罩的自由
你戴了
民眾掄拳頭揍你

在東方社會
你沒有不戴口罩的自由

你不戴
執法者戴頭盔面罩持盾牌抓你……

兩者共現
是多麼奇妙的鏡像對稱
就像兩副骷髏
在鏡面的兩邊指著對方鼻子對罵：

你才是骷髏！
你才是骷髏！

2020.3.22

殘局

語言在呼吸的氣流中低燒

飛沫的真理，病毒的嘉年華
在早春的大地，攤開一盤瘟疫的殘局
拒絕口罩，信念如一群蝙蝠舉著翅膀降落
夜幕，低垂得讓呼吸機發亮

但死亡是高飛的數字

高遠的雪花
自從離開天穹的帳頂，潔淨的家
就已準備好身子一直髒下去
不再洗淨離開

口罩，對塞滿謊言或真言的嘴巴都封城

偏大的雪花，落到世上做客的靈魂
需要煙
酒，詩意
和詞語，需要很多，很多

白紙，而不是白米

每一張紙，都是一位
攤開了一大片豐腴的大美女
需要你
寫，不斷地寫

但透過旗幟才能呼吸真的讓人累

一如磨砂玻璃的肺，讓空氣累
讓你需要：舔傷，飼藥，和張大嘴巴吸氧
湧入天地廣闊的方艙
或者天花板明亮如天堂的重症監護病房

隨星星們失眠，安眠或長眠

看不見黑夜這座大山的另一邊
遠遠一輪紅日冉冉如破殼的蛋黃
在海天盡頭
在那根懸吊昨日暴君脖子的天際線細繩之上

驅趕著稀薄的空氣和空中隆隆碾過的車輪聲——

下一個
不幸睜眼醒來的，是誰？

2020.3.28-4.12 復活節

音樂

落在空中正在落並且
一直落的
才是雨

你感受到了就感受到了
你感受不到就一直感受不到就一直感受吧

那雲端上尚未落下的不是雨
已經落到地上翻滾即便流淌的也不是

僅僅落到你身上的
手上的
頭上的
臉上的
衣服外面的
甚至眼眶裡的

甚至早已落到你心底生根的
都不是

雨，只是雨那樣落
開始落
繼續落
一直落
不停地落

風怎麼吹就怎麼落
雲怎麼垂就怎麼落

想落就落
不想落也不得不落的
甚至
落到無雨可落也還在不停地
落到空中正在落並且
一直落的

才是

一支聲音的救護隊在努力清洗空氣
清洗人類的耳朵
和肺

2020.5.3

明日立夏

前兩天收到鄭培凱送的一幅字
今天收到周潔茹送的一本書
一位是大學者
一位是大作家
差一日，以為這個春天就要空過
真該多交幾個這樣的人物呀
但我真的沒甚麼送他們
一天一天在疫情中努力不生病
週末偶爾帶女兒領養的小狗到南山村後面的南山上
走走
看看老樹，新芽，落花
山上空無一人
往日滿山的晨運客如今渺如黃鶴
落花們都戴好口罩
朝風向比較乾淨的那邊落

2020.5.4

鶴咀燈塔

每一刻歷史都分娩歷史的下一刻
每一道光都分娩下一道光
哪一道波浪
不趕來生死在這茫茫的大海上？

香港，你要駛向何方？

歷史的陣痛
在大地上裂出多少山川溝壑峽谷
在礁石上拱起一條條摳入大海的手指
青筋爆發：一些骨節散落成島嶼

大地的陣痛向大海延伸
直到無處可去
在海崖盡頭
孤獨起一顆巨齒，咬住空氣

牙齒的疼痛是向天空投射的燈
迸發出光：但再渺小的光
也穿透迷霧，撕開黑夜
牽引水手的眼睛

哪一道泥土的起伏
不是一道不肯伏死的波浪？
哪一條河流的宛轉
不流傳岩漿復活的聲響？

但歷史深處吹出的風
從來沒有方向
風的深處吹出的帆
命中註定只把遠方認作故鄉

香港，你要駛向何方？

你看，這留守的燈塔，過期的臉
已讓風雨和歲月幾番合謀摸走頭頂的燈

剩一座潔白的肉身
仍在散發一節骨頭應有的明亮

2020.5.8-19

禮

前一陣子腸胃不大好,久不喝茶——
今天,怎麼也得喝一杯
喝少一點
喝好一點

沖出來之後,氣韻真的很不錯

就給趴桌上寫作業的女兒
也斟了一杯
又叫她給房間裡忙事兒的哥哥
也端去一杯

她咂完舌頭我又沖第二泡

又叫她給哥哥端第二杯
她有點不耐煩,端起眼睛瞪我

問，你怎麼不端？
我說，我當然也可以，不過

就是有點不合中國人的禮

她二話沒說
把茶杯端走得比第一次還快
我不知道這樣會不會教壞了孩子
反正那茶，是好的

2020.5.22

我的淚水多麼無能
——悼念父親揭育珣醫生（1937.1.15–2020.5.31）

父親，是因為十幾年的病床上
你總看不見我忙
總是忙
忙
忙

所以你要升向更高
更高
以至最高的地方

好回頭
向下
好好看看我嗎？

2020 年初夏五月最後一個夜晚
最後五分鐘

是黑夜最黑的時間
牆上的指針向更黑的那邊
偏了過去

醫生護士們手忙腳亂
而你平靜得無聲無息呀
父親

你這樣溜出身體，進入照片
是為了看著我
定格於
忙
嗎？

一切都平靜得無聲無息
好像甚麼也沒有
甚麼也沒有
發生過

除了一個翻山越嶺的電話
讓我明天早上和你視頻通話的約定
即時失效

即時，我所有的傢俱都留在原來的地方
燈光繼續照耀它們
我所有的淚水都沖不走它們

沖不走它們
沖不走它們

真的沖不走它們呀
父親，我的淚水多麼無能

2020.6.1-2

失眠不覺曉

失眠失去的睡眠
補睡一個再長再長的懶覺也補不回來
失眠失去的時間和家眷
補不回來

頭痛不會缺席
傷痛不會缺席
屋後的南山隱隱將崩
閉上眼睛它們也會隨風找到你

若把一天比作一生
失眠的凌晨
失怙的午夜
是一段幽暗夢中摸不到出口的童年

青年失戀失去的情愛
你可以在一個更婀娜的中年女人身上補回來

但心中一直空出來的那塊空地
不再長出樹林，甚至雜草

失眠帶來一個上午的失意和一壺不合口味的茶水
帶來窗外灰濛濛的天空中
灰暗的空氣
和你頭上那片更灰更暗更低沉的雲

2020.6.13

父親節祝福

父親節年年有，父親不長有。
我父親不久前死了。
你父親，如果
不是很久前或不久前也死了，

肯定正在死！

在父親節，請接受這句不中聽的提醒，
這句對針尖一樣尖硬的事實的提醒，
作為我對你和對你父親
最大的祝福──

沒有更大的了！

誰不在通往死亡終點站的路上裸奔？
誰能逆著？

誰不在通往幸福臨時站的路上猛跑？
誰不曾逆著？

父親節快樂呀，爸──

但您已聽不見！
但您以前也聽不見。
今天，我必須學著度過第一個
沒有父親的父親節。

我以前度過了太多
沒有您的父親節呀，爸──
我以後還要等著度過
更多。

2020.6.22

無我頌

有一個我，多麼美好
但其實也沒有一個我，多麼美好

身體是我，多麼美好
身體是我的，多麼美好
但身體也不是我，多麼美好
甚至身體也不是我的，多麼美好
身體的全部加上宇宙的全部都不是我，多麼美好
但沒有身體就沒有我，多麼美好

我在身體裡，多麼美好
但身體裡找不到我，多麼美好
我在宇宙裡，多麼美好
但宇宙裡找不到我，多麼美好
但我的身體在宇宙裡，多麼美好
不是我的那個身體也在宇宙裡，多麼美好

不屬於我的那個身體也在宇宙裡，多麼美好
有我的宇宙是一個宇宙，多麼美好
沒我的宇宙是另一個宇宙，多麼美好
有我和沒我的宇宙是同一個宇宙，多麼美好
有我和沒我的宇宙是兩個宇宙，多麼美好

生前的宇宙是一個宇宙，多麼美好
生之後的宇宙是另一個宇宙，多麼美好
它們是同一個宇宙，多麼美好
它們是不同的宇宙，也同樣美好

死後的宇宙又是一個宇宙，多麼美好
生前的和死後的宇宙是同一個宇宙，多麼美好
所有的宇宙是同一個宇宙，多麼美好
所有的宇宙是不同的宇宙，多麼美好

宇宙裡有一個我，多麼美好
宇宙裡其實沒一個我，多麼美好
有的宇宙有我，有的宇宙沒我，多麼美好

不同的宇宙有相同的我，多麼美好
不同的宇宙有不同的我，多麼美好
不同的宇宙沒有我，也同樣美好

我說有一個我，多麼美好
我說沒有一個我，多麼美好
說有或沒有一個我都有一個我，多麼美好
說有或沒有一個我都沒有一個我，多麼美好

有一個我也依然說有或沒有一個我，多麼美好
沒一個我也依然說有或沒有一個我，多麼美好
說有或沒有一個我的我都是我，多麼美好
說有或沒有一個我的我都不是我，多麼美好

吃飽了肚子的那個我是我
餓著肚子的那個不是，多麼美好

2020.7.25

教堂

靈魂的倉庫
進進出出的人影
牆上古老的石頭，包圍不大流動的空氣
包圍空氣包圍的人和事物

有的發霉
有的發芽
有的發光
有的自認為或被認為發光

地上一排排長凳
凳上一個個位子
更多的時候上面不是坐著人
是坐著一些透明體——

諾大的車站大廳
一心一意早早到來候車的乘客
他們不是坐著，就是站著
期盼，等──

他們的心早已開走，並到達

靈魂的中轉站
肉身的旅途
命中註定的饑渴
比空氣更不可或缺的營養，或食糧

是遠處或更高處的，光

2020.7.31

昨日立秋

昨夜，我和好多夏天一起
走丟了一隻即將被找到的月亮

我和月亮
都走丟了一隻不肯學昆蟲鳴叫的貓

直到天上飄來一堆堆貓毛
像飛升到天上扭在一起的一對對男女

牠們交換荷爾蒙
牠們下雨

牠們伸出無數貓毛，沿著我們丟失的月光和目光
伸向我們的頭頂和大地

我們熟睡在門窗裡的床上
牠們在窗外，用粉身碎骨的粉向我們大喊

2020.8.8

花茶

她們自己並不香
但總是渾身上下搞得很香很香的樣子

搞得不少人愛
喝——但凡知道我都勸他們別喝，起碼少喝

我也勸那些在香港茶樓食肆喝黴味普洱的人別喝
尤其別喝菊普

反正我不碰這種茶
但還是免不了碰上這種人

2020.9.2-4 4:01am

白露

秋氣漸深
翻開日曆看看節氣
發現是白露

之後
是掃盲日
不知道是誰甚麼時候定的節日起的名字

之後
是財神節
從來沒有過過

再之後
是教師節
從來沒想過怎麼過就一年年過了

今夜，涼風有信，月色蒼白
我看見自己的指甲
在幾格電子日曆之間

翻來滾去
找不到一個落點

2020.9.8

原來那棵樹

一棵樹
只要上面降落過一隻鳥兒
就再也不是原來那棵
樹

即便鳥兒飛走了
——它們總是要飛走的哦——
那棵樹，也已不再是
原來那棵樹

如果鳥兒還在上面結巢，孵卵
孵出然後飛出更多的鳥兒
那棵樹
就更不是原來那棵樹

所以才還是
原來那棵樹——

情人呀，自從打那樹下經過
我已不再是原來那個我
但還是原來那個
原來那個——

情人呀，你是不是還是原來那個情人？
你是不是還是原來那個？

2020.8.19

詩是甚麼？

詩不是甚麼。
是一隻茶杯裝下了自己裝不下的水。

是裝不下的部分。
是換一隻茶杯就流失殆盡的部分。

但也不是。
不是茶；不是杯；也不是水。

也不是裝。
是一隻茶杯裝下了自己裝不下的水。

是突然發現自己
多於原來那個自己。

2000-2020.9.23

廣告

人類進化。

街頭的廣告越來越大。

好大。很大。真大。勁大。超大。

特別大。非常大。無比大。極大。囧大。

掛上去的人臉，

自天而降，尤其大。

眼皮眉毛瞳孔鼻孔牙齒嘴巴下巴乳溝乳房，

跟著大。

更大。

比你一個人大。

比你兩個大。

比你三個也大。

比你四個都大。

比半棟樓大。

比整個街頭大。

比所有街頭加起來還大。

這些廣告都是花了大價錢的。

顏色銳利。

蠻橫。

利爪四探。無形

而強行進入你的眼睛。

眼睛後面是今夜不設防的靈魂。

法律慣行一紙空文。

很得體。很嚴密。

把強行進入他人身體定義為強姦。

滿街頭進入大腦進行時的廣告。

教主般降臨。

民眾在下。

樣子比較小。

好小。很小。真小。勁小。超小。

特別小。非常小。無比小。極小。囧小。

滿街奔走的螞蟻，尤其小。

社會布朗運動。

在進化。

感官已進化到感受不到其他。

進化到廣告出甚麼就吃甚麼就穿甚麼就聽甚麼

就跟著唱甚麼。

進化到不讀詩。

讀不懂詩。

也不讀廣告。

不讀廣告瞳孔後面也是洞開的大腦。

也面朝大海。

不讀廣告，廣告潮流也漂洗。

街頭也浩浩蕩蕩。

街頭廣告也大大小小浩浩蕩蕩。

小的即是細的。

這個我懂。

好細。很細。真細。勁細。超細。

特別細。非常細。無比細。極細。囶細。

在地鐵裡。

在地鐵車廂裡。

在地鐵車廂的 LED 螢幕裡。

在電視裡。

在電視節目裡。

在電視節目的間歇裡。

在網上。

在網下。

在報刊雜誌裡。

在食物包裝裡。

在食物裡。

在幼兒奶粉和讀物裡。

以大取勝，也以小取勝。

以數量取勝。也以質量取勝。

無處不在。

無時不在。

無孔不入。

把你強姦得讀不懂詩。

根本讀不懂。

根本不讀。

讀也不懂。

實在不懂。

好不懂。很不懂。真不懂。勁不懂。超不懂。

特別不懂。非常不懂。無比不懂。極不懂。冚不懂。

但廣告在進化。

在引領人類。

在讓你懂。一看就懂。尤其懂。秒懂。囧懂。

2020.9.21-29

頭痛

秋涼。頭痛。
頭痛欲裂。

但再痛也得吃飯——
七點還要趕一節課呢！

硬吃一根菜。
又吃半隻蛋。

吃到一小塊肉。
啞然失笑——

這傢伙比我
可憐多了，

讓人吃都沒感覺，
別說頭痛。

2020.10.23 6:45pm

情況

在新茶面前，在
面向虛無的空氣也不停頒發清香如獎項的
新茶面前，倘若我們的臉龐
抹平了嘴唇
那會是甚麼一種情況

在音樂面前，在
繼續輕撫高山大樹的長風
和懸崖底下不停拍碎自己骨骸的浪花——
這些來自洪荒深處的音樂奏鳴
面前，倘若我們的頭顱讓泥土
堵住了耳朵
那會是甚麼一種情況

在陽光底下，當我們仰臉向天
額頭也飛不出靈魂甚至蝴蝶的翅膀
當我們的面孔

讓泥漿
抹平了眼框
我們的黑夜只是繼續生長更長更長的長髮
那會是怎樣一種情況

情人哪
你會不會張開你所有的皮膚
你會不會張開你所有的皮膚
如一張不夠寬廣的帆布
為我收集
來自太陽的不夠多的溫暖
也擋住太陽
太多太多洞穿我的光束

情人哪
你會不會張開你所有的皮膚
如懸浮空中一條不夠輕也不夠長的蜈蚣風箏
不停地隨風飄轉起伏
伸出無數
細小得連陽光散盡所有光譜也數不過來的細腳

嘗試輕輕把我抱住──

輕輕
把我抱住

2020.11.14-22

自跋

人類，只要還有詩，
還要詩，

就總有人會沿路
或不沿路，找到這裡，

找到空中
那座隨風飄移的墓碑——

是為跋。

2022.2.22 22:22pm

跋：那個魂一樣飄的男子

林少陽

　　十多年前，我剛到香港城市大學任職，聽聞系裡有一位寫詩的同事。那是一個有三四十名教員的系。新來乍到，好奇哪一位是那位詩人同事。幾天後我留意到，在走廊，時有一位四十歲出頭的男子魂一樣飄過，緩步遊移，憂鬱的步子，若有所思的背影，包裹於憂鬱的氛圍。他，大概就是那位詩人了！這就是我對揭春雨兄的第一印象。短暫工作三年後我返回海外的大學，而我對他的第一印象卻從未消減，直至今日。多年後重逢，他也依然如故，依然沉迷在詩裡行間。誇張點說，可謂是「雙鬢多年作雪，寸心至死如丹」（陸游）。揭春雨，揭開瀟瀟春雨，一窺這迷迷矇矇的人世。他初生便有的名字，恰似文人筆名，似乎預示了他的某種宿命。

　　寫詩，就是他的宿命，而且非寫不可，否則難排心中壘壘之思。「詩人揭春雨」，這是我對他的認知。「詩人」一詞，也許是 poet 這一英文

單詞東漸後的中譯詞。「五四」新文化運動後，文言文成為白話文主張者的攻擊目標，新詩為其急先鋒。就連胡適之類的學者、思想家也將自己的「兩隻黃蝴蝶，雙雙飛上天」稱之為詩，且喝彩者甚眾，我自少時至今都覺得不可理喻。此後許多寫幾首新詩者自稱或他稱為「詩人」，其實更多不過是寫些分行散文。我並不否定新詩，只是不認同白話文運動者的排他性。平心而論，拋開其排他性，新詩也算是為中國文學增加了新的文體。但是，對「詩人」名稱自此之後的濫用，則覺得大可不必。

但是，對於揭春雨兄，我卻發自內心認為他是詩人，而且非他莫屬，因為他屬於非寫詩不可的那種人。寫詩對於他來說是一個活著、存在的問題。寫詩，或者不得不寫詩，於他是一種精神的自我療治，是一種安放靈魂的方式甚至儀式。這一形式或儀式令他獲得短暫的撫慰。旋即，他不得不再繼續面對「人生不可承受之輕」——那些難以付諸語言的感受——繼續這場必敗無疑的纏鬥。語言表象是有其極限的，但是，將難以表

象的情感語言化，以挑戰表象的極限，這大概就是文學尤其詩的一個功用。他的詩正是努力如此。他記錄了其隱秘而複雜的內心世界，不時流露出一顆敏感心靈的空虛、迷惘，種種所感所悟。他自小打坐，常說看空了，時時期待神契太玄。我想，至少這是他嚮往的境界。他想像著空靈，試圖在詩中尋找他想像中的俗世梵音。其實，他更多讓我想起神遊的道士，於林中踽踽獨行。

他畢業於清華大學計算機系，計算機系通常收的都是數學成績優秀的學生。他據說是當年廣東省高考名列前茅者，數學考了九十五分。我是數學盲，但認為數學著眼的數量、結構、空間的秩序及變化，與詩所著眼的詞語秩序之間，似乎多少有相通之處。特別是它們都注重形式。西哲、數學家萊布尼茲視漢字為「絕對語言」，並非偶然。作為學者，揭春雨兄的研究領域是計算語言學，他甚至試圖尋找一種計算機詩學（雖然我不以為然，而且思之恐懼之極）。以詞語的秩序撫慰自己疲倦、虛無的靈魂，是他的宿命。亦因此，詩成為他棲身之居所，令他忘卻外面的風風雨雨。

　　將之出版、公諸於眾，其實對他來說也是很附帶
的。他似乎是為下一刻的自己寫此一刻的自己。
他的第一本詩集《乘一朵聲音過河》（2018）出
版據說有我鼓動的因素，權將此說法作為友誼的
一種表示。

　　如貝殼般呼吸的詞語，時間之流中漂泊的詞
語，這些虛無的詞語，這些彷徨的詞語……打開
兩本詩集，鬱鬱之思，俯拾皆是，時時不乏感悟。
他的詩似乎都是在努力地捕捉著瞬間即逝的感
受。他以隱喻的詞語和想像力定格這些即逝而又
必逝的瞬間，讓我們得以與一顆憂鬱而敏感的心
靈相遇，並共享其時而不安，時而靜寂的內心世
界。

林少陽

2022 年 6 月 20 日曠世之疫欲去未去之際

本創文學 65

一枚繡花針在肋骨間穿行

作　　者：揭春雨
責任編輯：黎漢傑
內文校對：何佳樺　黃穎晞
封面設計：揭紫琪
書法題字：鄭培凱
內文排版：多　馬
法律顧問：陳煦堂 律師

出　　版：初文出版社有限公司
　　　　　電郵：manuscriptpublish@gmail.com

印　　刷：陽光印刷製本廠

發　　行：香港聯合書刊物流有限公司
　　　　　香港新界荃灣德士古道 220-248 號
　　　　　荃灣工業中心 16 樓
　　　　　電話 (852) 2150-2100　傳真 (852) 2407-3062

臺灣總經銷：貿騰發賣股份有限公司
　　　　　電話：886-2-82275988　傳真：886-2-82275989
　　　　　網址：www.namode.com

新加坡總經銷：新文潮出版社私人有限公司
　　　　　地址：71 Geylang Lorong 23, WPS618 (Level 6),
　　　　　　　　Singapore 388386
　　　　　電話：(+65) 8896 1946　電郵：contact@trendlitstore.com

版　　次：2022 年 12 月初版
國際書號：978-988-76254-2-1
定　　價：港幣 118 元　新臺幣 360 元

Published and printed in Hong Kong

香港藝術發展局
Hong Kong Arts Development Council 資助

香港藝術發展局全力支持藝術表達自由，
本計劃內容並不反映本局意見。